真实打动世界

失控的孤独

[日]中岛岳志 著
高璐璐 译

一名罪犯的心理画像

西苑出版社
中国·北京

图书在版编目（CIP）数据

失控的孤独：一名罪犯的心理画像 /（日）中岛岳志著；高璐璐译. -- 北京：西苑出版社有限公司，2025.6. -- ISBN 978-7-5151-0933-6

Ⅰ．I313.55

中国国家版本馆 CIP 数据核字第 2024LQ7779 号

「秋葉原事件 加藤智大の軌跡」（中島岳志）
AKIHABARAJIKEN KATOU TOMOHIRONOKISEKI
Copyright© 2011 Takeshi Nakajima
Original Japanese edition published by Asahi Shimbun
Publications Inc., Tokyo, Japan
Simplified Chinese edition published by arrangement with Asahi Shimbun Publications Inc. through Japan Creative Agency Inc., Tokyo and CA-LINK International LLC

北京市版权局著作权合同登记 图字：01-2023-3581 号

失控的孤独：一名罪犯的心理画像

SHIKONG DE GUDU：YIMING ZUIFAN DE XINLI HUAXIANG

作　　者：中岛岳志	责任校对：高　虹
译　　者：高璐璐	责任印制：李仕杰
项目统筹：李怡霖	营销编辑：怪　怪　王海英
策划编辑：闫　弘　官维屏	内文版式：王　哲　李　一
责任编辑：王博涵	封面设计：仙草籽

开本：787 毫米 × 1092 毫米 1/32	印次：2025 年 6 月第 1 次
印张：7.75	印刷：河北盛世彩捷印刷有限公司
字数：146 千字	书号：ISBN 978-7-5151-0933-6
版次：2025 年 6 月第 1 版	定价：56.00 元

出版发行 西苑出版社有限公司　北京市朝阳区利泽东二路 3 号　邮编：100102
发 行 部 (010)84254364
编 辑 部 (010)84250838
总 编 室 (010)88636419
电子邮箱 xiyuanpub@163.com
法律顾问 北京植德律师事务所 17600603461

目录

序

秋叶原 1
加藤智大 3
审判时的主张 5
看不见的动机 8

第一章
家族

青森 003
家庭环境 005
母亲的"教育" 008
"说不上其乐融融" 013
和弟弟的差距 015
优秀的孩子 018
"急躁""倔强""迟钝""愚蠢" 022
朋友关系 024
暴力 027
"Crooked" 031
考入名牌学校青森高中 033
"不知道地雷的开关在哪里" 035
"我不是你的玩偶" 038

第二章
自杀未遂

考入中日本自动车短期大学　045
前往仙台　047
借钱　051
无故旷工，之后离职　054
"你就是个派遣员工"　057
论坛里遇到麻烦　062
自杀未遂　064
与母亲的邂逅　067
在物流公司就职　069
父母离婚　072

第三章
论坛与旅行

"不特定多数"和"特定少数"　077
段子与人设　079
"场面话""真心话""本意"　082
号啕大哭　087
"你和我在一起就好了"　092
去见管理员的旅行　095
仙台→群马→兵库→北九州　098
"到头来我还是一个人，好孤独"　101
"骗人不好"　105
在上野的停车场　110

第四章
"焦躁不安"

静冈县裾野市　115
"再不去 3D 世界就麻烦了"　117
秋叶原之旅　121
丑男的人设　126
次贷危机与派遣中止　132
"从今天开始我和版主是朋友"　135
"烦死了。想杀掉所有人"　138
冒充者　142
前往秋叶原　147
"我对还抱有期待的自己很烦躁"　150
"隔着手机屏幕也应该有朋友的，但是……"　154
对"事件"的想象力　159

第五章
前往步行者天堂

"差不多是极限了"　165
"工装不见了"　169
BUMP OF CHICKEN 的《Guild》　171
"'杀谁都行'，似乎想明白了"　174
诱因与核心　178
"每天都过得像被操控的玩偶"　181
"和人聊天的感觉，太好了。"　184
作案前一天　190
"是时候了"　193

终曲

日本社会对加藤的讨论　*205*
话语、话语、话语　*208*
"可以让我们再多了解你一些吗？"　*213*

后记　*217*
文库版后记　*220*
译后记　*223*

序

秋叶原

1869年12月。

明治时代刚刚拉开序幕，东京的神田佐久间町就陷入一片火海。火灾最终被扑灭了，但损失严重，如何避免火势蔓延成了难题。为了消除火灾隐患，政府把佐久间町一丁目附近全部变成防火区，还在明治天皇的诏令下向神明请来了"镇火社"。

明治以前，江户的街道频繁遭大火侵袭，神佛合一的秋叶大权现[1]作为防火之神被人们广泛信仰。"镇火社"与秋叶大权现没有直接关系，但居民们还是把这个神社称作"秋叶大神"或"秋叶大人"，渐渐地，周围的一片防火之地也被称为"秋叶之原"或"秋叶的原"，最后便诞生了"秋叶原"。

---

[1] 秋叶大权现，是日本静冈县秋叶山的山岳信仰与修验道融合、神佛习合下的神祇，该神明是家喻户晓、可预防火灾的"火伏神"，信仰中心位于静冈县西部的秋叶神社，后来推广至日本全国。（译者注。如无说明，本书中的脚注均为译者所加。）

1945年日本战败后，这条街道上出现了贩卖真空管和收音机零件的黑市，黑市集中在总武本线的高架桥下面，以电机学校的学生为客户。经济高速增长时期，这里吸引了很多销售家电制品的店铺入驻，这一带进而发展成世界上屈指可数的电器一条街。

然而，从20世纪80年代末开始，街道的面貌发生了变化。随着大型家电量贩店入驻东京郊区，人们可以轻松驱车去购买更为便宜的家用电器，全家人一起专程去秋叶原购物的必要性逐渐减弱，这里的客流量也随之下降。泡沫经济崩溃后，这一趋势不断加速，秋叶原的地位开始动摇。

为了重新夺回顾客，秋叶原的主力商品由家电转为电脑。进入20世纪90年代后，电脑专卖店陆续进驻，核心客群也从原先的一家老小变成了电脑爱好者。随着1995年《新世纪福音战士》在电视上的播出，手办市场逐渐扩大，1997年起，秋叶原一夜之间开了很多面向御宅族的专卖店，从"电器一条街"转型为"御宅族一条街"（森川嘉一郎：《趣都的诞生——卖萌的都市秋叶原》，幻冬舍，2003年）。

如今，秋叶原的街道已完全被御宅族的亚文化所席卷，满大街的招牌都被动漫美少女角色填满，玩Cosplay（角色扮演）的年轻人随处可见。

动漫周边店、游戏店、手办销售店、女仆咖啡厅、Cosplay服装店、同人志销售店……

秋叶原成了御宅族文化的中心地，吸引了来自世界各地的游客。每到周末，这里更是人头攒动。

2008年6月8日，中午12点33分。

秋叶原的街道上出现了一个驾驶着2吨重货车的男人。

他无视十字路口的红灯，开着货车横冲直撞，撞飞了5位过路的行人。之后他从车上下来，拿着匕首冲进了"步行者天堂"，捅向一个又一个路过的人。

7人死亡，10人受伤。

这就是在日本国内被称为"史无前例的凶杀犯罪"的秋叶原无差别杀人事件。事件发生的一瞬间，周遭震惊不止，有人试图伸出援手，有人仓皇逃离，还有人拿出手机拍照，想记录现场、扩散消息，现场陷入一团混乱。

加藤智大

凶手叫加藤智大。

当时他是一名25岁的派遣员工[1]，在汽车制造工厂上班。

---

[1] 派遣员工，指与人才派遣公司签订合同，再由公司联系雇主将人才输送至企业。一般来说在企业极度缺少人手或是节省成本的情况下会招派遣员工来公司工作。工作时间根据企业和个人的情况决定，通常是三个月。

加藤出生于青森县，从当地的名牌学校青森高中毕业后，进入了岐阜县的中日本自动车短期大学学习。在这所学校就读的学生都以考取汽车维修员资格证为目标，大多数毕业生都从事与汽车相关的工作，但加藤没有取得资格证就毕业了。工作在一段时间内没有着落，他便投奔到仙台的朋友家，继续求职。

后来，他总算在仙台的一家保安公司找到了工作，虽然是作为非正式职员入职，但他只干了一年半就离职了，随后在派遣公司注册。之后他在埼玉县和茨城县的工厂都干过，但每一份工作都坚持不了多久。最后他回到了老家青森。

在这段时间，加藤迷上了手机上的论坛网站，开始大量投稿。对他来说，论坛成了重要的"栖身之处"，这里的人际关系对他而言也有了重要意义。

他后来在青森的一家物流公司入职，因为勤恳的工作态度获得了认可，被提拔为正式员工。但是，他在这里也没有干多久，不到一年便辞职了。在去跟网上认识的朋友约见的旅途中，加藤想过自杀，但在上野的停车场被执行公务的警察盘问后，他就打消了这个念头。他再次在派遣公司注册，作为派遣员工在静冈县裾野市的某汽车工厂工作。

加藤和职场上的同事关系不错，交了很多朋友。但是，职场中的人际关系并不能满足他的需求，他又一头陷入了论坛网站。他在里面频繁发表"丑男的人生没有意义""因为丑没有女朋友"这一类的帖子,以得到论坛朋友的跟帖(回复)作为生存的意义。可论坛里有人给他的帖子捣乱,有时是冒充他的骗子,有时也会出现捣乱者一直发送空行,让他的帖子不便阅读,甚至还有人不断对他口出恶言,让他"去死"。重要的栖身之处被人破坏了,他很生气。雪上加霜的是,美国发生的次贷危机对汽车行业造成了影响,整个行业跟着变得不景气,他所在的公司也对派遣员工进行了裁员。

没有女朋友,论坛这个栖身之处也被破坏了,职业变得不稳定……

刚好这时发生了他在公司上班时穿的工作服丢失的"事件",这彻底引爆了加藤的怒火。他当天无故旷工,第二天也没去公司。而就在那个周末,他在秋叶原制造了这起大事件。

审判时的主张

东京地方法院于 2010 年 1 月开始对这一事件进行审判。加藤剪短了头发,从头到尾都面无表情,他的视线始终盯着斜下角的一处。除了时不时抬一下眼镜,挠一下鬓角,他几乎一动不动。加藤个头矮小,身材单薄,穿的西服看着松松垮垮的。他比案发时瘦了不少,颧骨十分突出,额头也看着有点鼓。

在他走进和离开法庭的时候，都必须对旁听席行礼。被害者家属就坐在他面前，但，他的脸上始终没有表情。

2010年7月27日。

加藤第一次在公开场合谈论此事件。

从这天起公判开始对被告进行审问。地点在东京地方法院104号法庭。上午9点57分，被告加藤身穿黑色西服和白色衬衫走入法庭。

加藤在审判开头做了如下陈述：

> 我好好地使用网络论坛，但有人在我的留言板冒充我，还有人搞破坏，我求助了论坛的管理员，希望能对此做出处理。我想让（这些）人知道我会引发事件……我犯了事情后，大家就会知道是有人故意找我的茬，我也希望大家想到这个事件时就能想到我。我真的很希望他们能停手，这就是我想表达的。

他说，作案的直接动机是"为了引起论坛里冒充者和破坏者的关注"。他觉得论坛是"能找回自己的地方"，是"重要的栖身之处"。但那里出现了自己的冒充者，破坏了他在网络上重要的人际关系。他虽然警告了这些人停止这种行为，可对方并没有听。论坛的管理员也没有为他采取禁止投稿的处理措施，他说这一点无论如何都不能原谅。于是，他想到了引发事件"才可以让对方明白，我是真的希望你们住手"。

加藤对孩提时代起"自己独特的思考方式"做了如下陈述：

> 我不太会很好地表达自己想说的话和想传达的信息。于是，我用行动而不是语言向周围的人展示我的想法。

正因为他的这种"自己独特的思考方式"，每当在职场或朋友关系中积累了不满情绪时，他不是用语言直接告诉对方自己不满，而是做出一些"行为"让对方知道他有不满的情绪，反反复复去引起对方的"注意"。可以说，这次事件也是基于他自己一直以来的行为模式而发生的。

他进一步陈述，用这种"引起对方注意来呼吁对方理解"的处理方式，"大概是从小受到母亲养育方式的影响"，他说妈妈对他管教严格，几近虐待，这是事件发生的深层次原因。只要他说了违背妈妈意图的话，或者表达了不满，就会换来妈妈更加严厉的责骂。渐渐地，他养成了一个习惯，既然没办法把自己的想法说出口，那就用行动来引起对方注意，以让对方理解自己。

——妈妈的过分管教促使他养成了这种行为模式，而这次，为了引起网络上"冒充者"的关注，他不得不去引发事端。

这就是加藤和他的辩护团所叙述的故事。对媒体至今归因的"派遣合同终止"以及"交不到女朋友很窝火"等说法，他全都明确否认。

看不见的动机

或许，正如加藤所述，这次事件的直接"导火索"是"对网络冒充者的愤怒"。网络论坛的朋友可以共享笑料，被他看作是"可以说真心话的关系"，而现实生活里的朋友需要靠"客套话"维系，他不觉得是"真正的朋友"。"冒充者"让别人分不清楚到底是他本人还是骗子，有损他的身份，仅此一点就严重扰乱了他的精神状态。

于是，他在论坛上"更夸张地写下了那些让他感觉到沮丧的事情"，甚至还反复写"自嘲的笑料"，更新"有意思的新鲜事"来期待别人的"跟帖"。

> 我写好玩的事情是想要收到跟帖。我写的笑料都是真心话……如果收到了回复，我会很开心，觉得"自己不是一个人"。论坛对我来说就是栖身之处，让我不再感觉孤单……这里就像我的家……我与大家是和家人一样的关系。

他继续写一些"懂的人一看就懂的笑料",把更新的内容当作"段子"呈现,比如"丑没有意义",从而确立了自己在留言板上标新立异的"人设"。有些人会觉得这些段子很有趣,他们提供的网络空间便成了他的栖身之处。

然而,他的"真心话"和"本意"不一样。他会写"在牛郎俱乐部搞自杀炸弹袭击",不意味着他实际上真的想这么做。他还会写"在游戏厅看到腻歪在一起的情侣就想放火",实际上他也不会真的"放一把火",这终究不过是为了收到回复而写的"段子"。而且,他说这些"段子"是他"真心话"的一部分,和"本意"截然不同。

所以,他不厌其烦地写下以丑为主题的段子,可真实的自己却认为"我也没那么丑""我要是在意一下也能交到女朋友"。

只是,他写的这些"自嘲的话"本来是想制作"笑料",冒充者的出现让他在论坛上被孤立,笑料成了现实。论坛上认识的朋友都离他远远的,他真的成了孤身一人。为了警告冒充者,加藤写了个"段子",向大家"预告"他即将实行无差别杀人事件。即便如此,冒充者还是没有消失,管理员也没有做相应的处理。他在论坛上的跟帖几近绝迹。

渐渐地,他开始想要把事情弄假成真,"用实际行动引起关注"。把"段子"真实化,"讽刺的较真"就这样诞生了。

事件的起因大概就是"对冒充者的警告"吧。然而,仅仅找出"扣动扳机的诱因",是过于浅显的理解,真正重要的是追究"子弹存在的核心成因"。

让人意外的是,加藤在现实生活中的朋友多到超出想象。我对他的人际关系做了彻底的采访,还沿着他的足迹遍寻各地。在这个过程中,和他关系要好的朋友也接连现身。无论是在他的老家青森,还是在仙台——他的职场所在地。但是,加藤一直都认为,比起现实中的朋友,网络上认识的伙伴之间才有那种能互诉衷肠的"真心话"关系。他和现实中的朋友无论如何都无法建立透明的关系,觉得朋友们不会认可真实的自己。反过来,他觉得能和他在网上共享"笑料"的伙伴才是真正认可自己的人。

——现实是"客套话",论坛才是"真心话"。

加藤说的这句话,是解锁本次事件和日本现代社会的关键钥匙。

为什么他有真实存在的朋友但仍会觉得孤独呢?为什么他只对网上的伙伴寻求"自我认可",而现实生活里的朋友不行呢?为什么大家会对加藤产生一定程度的共鸣呢?

不可急于找到答案。

我们也不能单纯地仅追求答案。世界也好,人类也罢,都是极其复杂的存在,绝不是轻而易举就能理解的。

为了探求本次案件的动机,即便有些麻烦,我认为还是有必要仔细追寻加藤智大的轨迹,也有必要去挖掘每一件事实，看他是如何走到了这一步。

加藤是如何被逼入绝境的？他为什么一定要引发这次事件呢？

仔细追寻他的轨迹，就会发现我们有必要聚焦潜藏在事件背后的日本社会问题。否则，这一事件只会流于"段子"，我们也将错过直面时代问题的机会。

我希望大家不要着急，先耐心地直面他的人生。我也希望大家能稍息片刻，静心阅读本书。

也许，生活在同一时代的我们，也能在加藤身上看见一点点自己的踪影。加藤的痛苦，一定也有和自己的痛苦重叠的部分。在加藤的人生过往中，我们也一定能看到身边的他或她的身影。

胸口沉重，可我们必须从这里出发，也必须与世界、与他人、与自己面对面。过程艰辛，但我们还是要从这里启程。不然，接下来可能还会有更糟糕的事情。我有这样的预感，同时还有一种束手无策的迫切感。

所以，我想仔细审视加藤智大。

为了在未来的世界继续生存，也为了阻止这个世界的破裂。

第一章

家族

青 森

以前，换乘青函联络船的乘客们为了确保能坐上稍微舒服些的位置，总是争先恐后地跑向月台，哪怕两手提着重重的行李。海的另一边是北海道。冬日来临，人们常常暴露在冷风寒雪之中。

车站附近的商业街即使在工作日的大白天也空空荡荡的。靠近车站的一带勉强有点人流，但没走出几步，大门紧闭的店铺就格外显眼。

车站附近的卡拉OK店和消费者金融[1]的广告牌引人注目，花哨的原色文字丰富了灰色的风景线。

青森的街道夹在海和山中间。

青森北部是陆奥湾，以养殖帆立贝[2]而闻名；南部是八

---

[1] 消费者金融，是基于消费者信用对个人进行小额贷款的放贷机构。
[2] 虾夷扇贝，俗称帆立贝。

甲田山，海拔1584米的山区是日本屈指可数的暴雪地区，人尽皆知。步兵第5联队在雪中行军演习遭难的事故[1]之后被新田次郎写成了小说，后来还拍成了电视剧。大家一听到八甲田山，就会联想到"死之彷徨"这句话。

在陆奥湾和八甲田山中间形成的平原就是青森的街区。中心城区的街道像棋盘一样铺展，东西南北一目了然。每一条道路都是一条直线，路面宽阔。

横贯东西的国道两旁矗立着县厅、地方法院等行政司法机构的大楼，转过路口便是饮食一条街，小店云集。一到夜晚，这里处处亮起霓虹灯招牌。然而，近几年经济情况不好，饮食街人流量锐减，倒闭的店铺也越来越多。那些吆喝着揽客的人比从街上路过的行人还要多。

穿过这片市中心区域，周边是一片住宅区。占地面积广阔的独栋住宅和老旧的、快要倒塌的公寓楼交织在一起，这种风景让人莫名怀念，也让人莫名伤感。即使是夏天，雪国也飘荡着严寒的气息，我的眼前瞬间浮现出皑皑白雪被泥土弄脏的景象。

---

[1] 八甲田雪中行军遇难事故，1902年1月发生的山难事件，当时的日本帝国陆军第8师团的步兵第5联队为了进行寒冷天气的军事训练，行军途中出事，造成210人中199人死亡，是日本近代史上最大规模的山岳遭难事故。作家新田次郎在1971年将这个故事改编为小说《八甲田山死之彷徨》。

加藤智大长大的街区就在这片住宅区的一个角落。

附近的河流流入陆奥湾，河边的小路上满是绿树鲜花，河面上倒映着住宅楼的影子。

沿着这普通得随处可见的风景往前走，冷不防遇到一片古老的墓地。道路和墓地之间没有隔开的围栏。十几座墓碑乱糟糟地竖在杂草中，杂草看起来不像有人打理过的样子。这里倒像是横空出现的一片死亡空间，购物归来的主妇淡定地从旁边走过。

墓地的背面是一座没有任何游乐设施的简陋公园，里面放着无人问津的肮脏木椅。公园就像是街区的正中间突然裂开的洞，它的旁边是一排排住宅楼，路上行人寥寥无几，只有汽车的引擎声不时地传入耳中。

家庭环境

加藤的老家就在公园正前方不远处，是一栋青苔色的二层小楼。玄关[1]前面有小小的院子和车库。

小楼的窗户多得超乎想象，朝南的窗户尤其大，外侧安

---

[1] 日本的玄关，是建筑物入门处到正厅之间的空间。不同于中国玄关处摆放鞋柜，日本的玄关一般是空着的，另有储物间。

装了栏杆，映射了主人想让室内尽可能多地吸收阳光的想法。小楼刚盖好的时候，全家人一定经常聚在这里反复眺望窗外的风景。然而，这里现已被厚实的窗帘遮挡，从马路上完全窥探不到里面的样子。

加藤出生于1982年9月28日。

作为家中的长子，加藤在五所川原市诞生，这是一个从青森市朝西开车1小时左右就能到达的地方。

加藤的父亲生于1958年，毕业于青森市区的青森北高中，在当地的金融机构工作。

母亲比父亲大三岁，生于1955年，是青森县本地人，毕业于当地名校青森高中。顺便一提，加藤日后也在母亲的殷切希望下考上了青森高中。

母亲高中毕业后，同样进入当地的金融机构工作。工作三年后，作为后辈的父亲入职。他们在这里相遇，结婚。之后母亲辞职，成为家庭主妇。

加藤在父母结婚两年后出生，又过了三年，次子出生。加藤有了一个小他三岁的弟弟。

他们在五所川原市的家是高层公寓。

加藤对这里的记忆微乎其微。他在庭审中提到的唯一回忆是3岁的时候，母亲把他关在卫生间里。

为什么把他关起来呢？

他不记得原因了，但他说记得卫生间里没有窗户，灯也被关了。

1987年2月,父母在青森市区盖了新房,那一年加藤4岁。他童年时代的记忆几乎都与青森的这个家绑在一起。

新建成的房子和现在看到的差不多是一个样子。无论外观还是内部,似乎都与当时没有区别。

秋叶原事件发生后,加藤的弟弟在《周刊现代》上发表了好几篇手记,其中公开了自己家内部的照片。根据这份手记,我们可以得知,从玄关进去后右手边是客厅和餐厅,左手边是和式房间、浴室、卫生间、洗面池。客厅和餐厅连着厨房,房子看起来很宽敞。

餐具柜的前面摆放着餐桌。家人们坐的位置好像是固定的,加藤和母亲背靠着厨房并排坐,父亲和弟弟坐在对面。二楼是父亲与孩子们的房间,两兄弟各自分到了一间单独的房间。

据说这家人都睡在自己的房间里。妈妈睡一楼的和式房间,爸爸、加藤、弟弟睡在二楼各自的房间里。只有吃饭时全家人才聚在一起。

母亲的"教育"

加藤在法庭上反反复复地提到了母亲对他十分严厉的"教育"。

他说有一次,母亲在家里差点把他从二楼扔下来。

那是在母亲准备晚饭时发生的事情。母亲把卷心菜切成丝后,分装在三个盘子里,加藤却恶作剧地把分好的蔬菜放进了一个盘子。母亲看到后勃然大怒,把他拎到了二楼,按住他的后颈,想把他从窗户扔下去。身体已经被推到了窗户外面,他拼命地抓着窗户边缘。

加藤说:

> 如果我不反抗的话肯定会掉下去。(2010年7月27日,东京地方法院公判)

母亲也承认了这件事属实。法庭上,母亲说,"我只是假装要把他从窗户扔下去",但加藤说他没感觉到那是"假装"。

此外,他还时不时地被家里人赶出去。根据附近居民的证词,他们都目睹过在严冬积雪的日子里,加藤衣着单薄被赶出家门的情形。一位相识的主妇和他的母亲说:"算了吧。"

但母亲没有理睬，反而说，"那孩子本来就有不对的地方"。这位主妇作证时说是不是"父母过于严苛了""已经分不清管教和虐待的界限"。（《Sunday每日》2008年6月29日号）

加藤刚刚搬来这个家时，有次边哭边带着弟弟走到了祖母家。祖母大吃一惊赶紧问出了什么事情，他说被妈妈很生气地骂道："给我滚出去！"

祖母的住处距加藤家有四公里远，这个距离对年幼的孩子来说并不算近。祖母开车把孩子们送回去后，父亲又接着出来呵斥道："不要觉得去了奶奶家就被原谅了！"（《周刊文春》2008年6月19日号）

加藤说母亲从来没有向他解释过被责骂的理由。每次一问原因，一反抗，只会换来更严厉的斥责，他渐渐习惯了忍受责骂。

> 我反抗的话可能会让妈妈生气。要是我做了违背妈妈心意的事情也会让她更生气。（2010年7月27日，东京地方法院公判）

对此，弟弟也有一样的感受，在下述手记中做了证词：

> 包括妈妈在内，我们全家都默认一条规则，不管是骂人，还是生气，她不会告诉我们理由。我从

小时候开始就不得不思考自己被骂的原因。而且，我从没觉得这是不可思议的事情。犯人（指加藤——引用者注）后来做出过度自以为是的判断和举动，可能也与这些事情造成的影响有关。（《周刊现代》2008年7月5日号）

即便加藤觉得母亲行为极端又不讲道理，但他还是对她的斥责保持沉默，听之任之。可他不仅不知道自己被骂的原因，还会在自己仅是表现不好的时候被惩罚。越反抗，惩罚就越严重。加藤意识到，只要还嘴，或者请求她说明原因，惩罚就会加重。渐渐地，他不再用言语向别人请求解释，也不再试图耐心说服对方。

这种性格很快就表现在对朋友突发的暴力行为上。他说他读小学一年级的时候，有次突然拽了一个朋友。

在法庭上，他和辩护律师做出如下对话：

辩护律师："你为什么拽他呢？"

被告："老师说过，集合和其他活动时如果有同学站出了队伍，可以拽他一下，意思是'排好队列'。"

辩护律师："所以你就突然暴怒了吗？"

被告："我不是想使用暴力，只是想告诉他'排好队列'，所以做了这个动作。"

辩护律师："没想过用语言告诉对方吗？"

被告："没有这样的想法。"（2010年7月27日，东京地方法院公判）

加藤说，他无法用语言向对方传达他愤怒和生气的理由。当他遇到不舒服的事情时，他不是用语言，而是用态度展示给对方，用这种方法"让对方明白"。

读小学低年级的时候，他在一次打扫卫生时打了两个因收拾文具而起争执的同学，最后自己收拾，完成了工作。他说，他打人也是想告诉对方自己的想法。

班主任也注意到了加藤的暴力倾向。他在加藤的小学一年级到三年级的指导要录上写道："经常突然暴怒。"小学二年级的指导要录上还写着："和家庭保持密切联系，进行指导。"

当他在学校表现出突然的暴力苗头时，母亲仍在家里对他施加严厉管教。

小学二年级那年，母亲让他在浴室里背诵九九乘法口诀，只要错了就按住他的头浸在热水里。

辩护律师："你当时是什么心情？"

被告："乖乖地让她浸在水里。"

辩护律师："浸在水里的时候她有没有说你

什么？"

　　被告："妈妈笑了。"

　　辩护律师："母亲把你的头浸在水里是在和你开玩笑吗？"

　　被告："我不觉得是在开玩笑，因为我被按着快要憋不住气了。"

　　辩护律师："你没有和母亲说以后不想和她一起待在浴室里吗？"

　　被告："没有（这个想法）。因为我知道最后她还是会这么做。"（2010年7月27日，东京地方法院公判）

　　加藤常常因为忍受不了母亲的惩罚而大哭，于是她做了印章卡片，哭一次盖一个印章，积攒到十个印章会有更严厉的惩罚。惩罚形式多种多样，比如把他关在屋顶最里面的房间，里面热得像桑拿房一样。加藤说他哭得停不下来的时候，"妈妈把毛巾塞进我嘴里，还在上面贴上胶带"。

　　母亲说她认为这只是"管教的一环"，但在法庭上她也陈述，"要是没做这么过分就好了"。

　　此外，母亲还做了如下陈述：

　　　　搬家后，老公天天在外面喝酒，很晚回家，还乱

发脾气，有时候夜不归宿，我心情很烦躁，经常拿孩子们出气。（2010年7月27日，东京地方法院公判）

母亲承认自己对孩子的过分斥责是心情烦躁的发泄口，还说原因在于丈夫的连日晚归。事实上，加藤的父母在他进入初中后，夫妻之间的裂痕进一步加深。一家人渐渐分崩离析，丈夫回家也越来越晚。

妈妈把在家庭里积累的郁闷情绪全都宣泄在了孩子身上。

"说不上其乐融融"

即便如此，妈妈也在想方设法，努力创造一个开朗和谐的家庭环境。根据弟弟的手记所述，直到加藤读小学六年级之前，全家人每周日吃过晚饭都会聚集在一楼的客厅打扑克游戏。在弟弟的印象里，加藤似乎也乐在其中，他回忆说："那时候，家里洋溢着大家的笑脸。"（《周刊现代》2008年7月5日号）

然而，加藤自己没有这么觉得。他做了如下陈述：

我们聚在客厅里一起玩扑克游戏，但我玩得不开心，说不上其乐融融。（2010年7月27日，东京地

方法院公判）

他还说，虽然"并不讨厌这件事情"，但"我不会流露出讨厌参加"的情绪，表现了他十分矛盾的心理。

问题也会发生在吃饭的时候。

加藤吃饭慢，而母亲每次做的饭量又大，全部吃完会很花时间。于是，母亲就把他吃到一半的饭菜倒在传单上，让他用这个吃完。

> 辩护律师："把饭倒在传单上你会怎么办？"
> 被告："拼命吃。"
> 辩护律师："当时吃饭时的心情如何？"
> 被告："非常屈辱。"（2010年7月27日，东京地方法院公判）

他说有时候，饭菜不是倒在传单上，而是倒在走廊上。他很想告诉母亲，食物的量太大，但是不敢说。如果他把这个想法说出来，"我能想象到，最糟糕的是她不让我吃饭"。

关于这件事，母亲在法庭上也承认了这是事实。

> 被告吃饭太慢了，我想快点收拾东西，于是把他的饭从碗里倒在了传单上让他继续吃完。（2010年7

月27日，东京地方法院公判）

此外，弟弟也在手记里描述了同样的回忆，此事应该属实。

因为父亲经常晚归，加藤家的餐桌上大多时候只有三个人吃饭。吃饭的过程中大家没有交流，只是默不作声地吃东西。对加藤来说，吃饭这件事一点也不快乐。

弟弟说：

> 妈妈一说开饭，我们三个人就从房间里出来，沉默地吃，吃完再回到各自房间。每天都是这样。（《周刊现代》2008年6月28日号）

和弟弟的差距

加藤察觉到了母亲对自己和弟弟的方式有所不同。

即便他们做了同样的事情，母亲只会对加藤发脾气。就算对他们都发脾气，也很明显是对加藤更严厉。

> 我感觉只有我是母亲的眼中钉。（2010年7月27日，东京地方法院公判）

母亲似乎也对这一点有所察觉，在法庭上做了如下陈述：

> 我记得长子和次子做了同样的事情，但怎么说呢？作为被告的长子更容易成为我的发泄对象。（2010年7月27日，东京地方法院公判）

从加藤读小学四年级开始，父母每年都会在暑假安排一次外出的家庭旅行。据说目的地和行程安排都由母亲来决定。

加藤在旅行中并不开心，但是，母亲看到他不开心的样子就会心情不好，然后又对他发脾气。于是，加藤即便不开心也会勉强表现出开心的样子。

庭审中，法庭向加藤出示了旅行时的照片，并催促他说出当时的一些回忆。面对辩护律师"见了照片有什么感想"的提问时，他回答："照片里拍的是天真烂漫的弟弟和没有表情的我，可以看出一点我当时的精神状态。"

——"没有表情的我"和"天真烂漫的弟弟"。

他从那时开始对弟弟也有了积郁的情绪。

不过，直到加藤小学六年级之前，他和弟弟的关系似乎都很要好。弟弟在手记里也说，加藤很照顾他，两个人经常一起玩。

有一次，两个人用雪在附近的空地上搭建秘密基地。加藤负责用雪垒桌子和椅子等内部装饰，弟弟搭建外墙。这个基地盖得太大了，最终没能完成，但在弟弟的记忆里成了和哥哥在一起的美好回忆。

但从加藤上初中开始，兄弟俩的关系急剧恶化。那之后两人几乎没有好好说过话，也几乎没有一起再做过什么事情。

弟弟说之前的时光是"快乐的时光"。那之前的家庭氛围很温暖，快乐的回忆也很多，但之后连表面的其乐融融都破碎了，没有留下任何美好的回忆。

另一方面，加藤认为从弟弟称之为"快乐的时光"开始，他满满都是阴暗的记忆。

直到成为高年级学生，加藤还没有戒掉尿床的毛病。

每次尿床他都被母亲恶狠狠地责骂，还让他穿上婴儿用的纸尿裤。不仅如此，母亲还把纸尿裤挂在外面晒干，"当场示众"。他说对此一直有"屈辱的"回忆。

高年级学生尿床，通常来说是压力所致。对于母亲的"教育"，加藤一定承受了很大的压力。

其实，弟弟对母亲的教育也心存疑惑。

后来，弟弟进入高中才3个月就退了学，躲在自己的房间里成了"蛰居族"[1]。他说那时候感觉自己的失败和母亲的

---

[1] 蛰居族，源自日语"ひきこもり"，我们也称"家里蹲"，泛指长期隐居在家等地方，不出头露面。日本厚生劳动省把蛰居族定义为超过半年不接触社会、不上学、不上班，不与外人交往，生活自我封闭的状态。

教育有关。20岁那年去东京的时候,母亲对他嘟囔着说:"你们变成现在这个样子都是我的错。"算是谢罪。弟弟说他第一次产生了想原谅妈妈的念头。

亲戚们对母亲的教育方法看不下去时,也会插嘴说一说。住在青森市区的一位男性亲戚说了下面的话:

> 我曾经提醒过,说"对孩子们再放养一些如何",但父母直接撂狠话,不让别人插嘴他们家的教育。那之后他们再也没有带孩子来过我们家了。他们的教育就是这么极端。(《Sunday每日》2008年6月29日号)

从加藤小学五年级开始,这位男性就再也没有见过他了。

优秀的孩子

加藤从小学起学习就很好。他在学校里的成绩不错,运动能力也很突出。

母亲对成绩抓得很严。他说:"小测试考100分是理所当然,考95分就会被骂。"(2017年7月27日,东京地方法院公判)

父母都是高中学历，没能考上大学。

母亲似乎对此有心结。她毕业于名牌学校青森高中，成绩不错，但她说"自己的成绩不够读当地的弘前大学"，便报考了其他县的国立大学。然而实力不济，全都不合格，最后放弃了升入大学的想法。没考上大学，高中毕业止步不前这件事让她感觉低人一等。于是，她把对这种挫败的不甘变成对孩子的过度期待。从加藤读小学低年级开始，母亲就把青森高中、北海道大学工学部定为了他的升学目标。

加藤经常去找家附近的木匠玩儿，不知不觉对木匠的工作产生了憧憬，希望将来也能成为木工。但是母亲对这个想法十分生气，说："你为什么想成为这种人？"加藤不敢还嘴，只能忍气吞声。

母亲还会插手他的绘画和作文。

暑假时我会先写完作业，但母亲插手，我的作品最后变得不是我的了，这种事情经常发生。（2010年7月27日，东京地方法院公判）

弟弟也详细回想了这件事。

加藤读小学五年级时，全家人在暑假去了岩手县的龙泉洞。旅行回来后，母亲让加藤写一篇作文。

弟弟对当时的作文记得十分清楚。

作文开头写的是，"走进龙泉洞，我被凛冽的空气包围。气温只有12度，我十分惊讶"。（《周刊现代》2008年7月5日号）

母亲读了非常不高兴。

他写下这个开头后，母亲脱口而出说"不行"，她扔掉稿纸，命令他重写，反复写了好多次。因为这件事太奇怪了，以至于弟弟现在还能清晰地背出开头部分。

只要作文里有一个错字或者脏字，母亲都会下令重写。而且不是把错处擦掉重写，是整篇文章全部从头再来，完成一篇作文通常要花费一周时间。

兄弟俩悄悄把这个操作称为"检阅"。

孩子们看得很明白，母亲的目标是"讨好老师"。从题目到文章乃至绘画的构图，母亲均无一疏漏地给出指示。

我们简直像机器一样顺从地写文章、画画。这样做也实现了妈妈的目标，老师经常表扬我们的文章和绘画。（《周刊现代》2008年6月28日号）

在母亲的"检阅"里，有一个"10秒规则"。写作文的时候，母亲会坐在旁边提问："你用这个谚语的目的是什么？"然后开始倒计时："10、9、8、7……"如果没在倒计时结束前答上来,一个耳光就会打过来。

其实,母亲在这里想要的还是"讨好老师"的回答。为此,兄弟俩写作文时,不得不在脑海中想着"讨好老师的句子"。母亲制定的"10秒规则"更是让兄弟俩把老师的目光内化在身体里,成了一种习惯。这也夺走了他们非常重要的语言表达能力。

这件事在成长中的加藤心里留下了深深的阴影。在无差别杀人事件发生4天前,加藤在手机论坛里写了如下文章:

> 仔细一想就明白了。父母写的作文拿了奖,父母画的画拿了奖,我被父母逼着学习,所以成绩不错。读小学的时候,我靠长相之外的优点颇受欢迎。但这不是我自己的能力。
>
> 父母想向身边的人炫耀自己的儿子,所以要创造完美作品。我写的作文之类的东西全都经过父母的检阅。
>
> 读中学后父母的精力不够了,我被他们抛弃了。他们全身心地投入到培养比我更优秀的弟弟这件事上。

即便学校里有人表扬了他的绘画和作文,加藤也开心不起来。因为那是父母的作品,不是自己的。一切都是"父母想向身边的人炫耀自己的儿子,所以要做得尽善尽美"。

作为父母而言,他们可能对儿子倾注了希望他得奖的感情,也可能只是想给儿子创造被表扬的路径。

然而,加藤并不这么认为。对他来说,这是父母在虚荣心和自卑感的驱使下,夺走了他的语言和自我的一瞬间,是屈辱的一瞬间。

而且,这些作品还赢得了老师的心,拿到了奖。

他的自尊心受挫了。

"急躁""倔强""迟钝""愚蠢"

母亲的插手无止无休。

加藤跑步很快,在学校的运动会上拿过第一名。

但他读小学时就很想加入棒球社团,更小的时候,他和附近的大孩子一起打过棒球,产生了兴趣。

他对母亲说:"我想进棒球部。"

然而,母亲的回答是斩钉截铁的"不行"。而且,没有说明理由。

加藤推测——可能妈妈觉得即便自己从小就和打棒球的孩子在一起玩,长大也很难成为职业选手吧。

母亲总是优先考虑别人的评价,不会让他实现自己的想法。于是,加藤听从了母亲的劝告加入了田径部。

加藤就读的小学没有校服,每天上学都要穿自己的衣服。

母亲会在前一天为他选好要穿的衣服,放在衣柜上。

他说,有几次他自己选了衣服在衣柜上放好,但母亲一声不吭地把衣服扔到了床上。

他以为"是我不会搭配衣服",又试了几次其他的搭配。

但,结果还是一样。

母亲把他挑选的衣服扔到床上,把自己选的衣服放在衣柜上。

加藤感觉母亲在对他说"你自己想穿的衣服太难看了"。

他的自我被彻头彻尾地否定着。

母亲对他生活方方面面的过度插手和对其自我的否定,最终造成他的自我评价极其消极。在小学的毕业纪念册里,加藤写了篇介绍自己的文章,其中他说自己的特性是"急躁""倔强""迟钝""愚蠢"。他后来在手机网站的论坛里反复写自嘲的"段子"以博取网民的关注,其实最早就可以从这个纪念册的表述里看出端倪。

同时,他在纪念册里也展现了他的另一面。

他在"爱好·特长"里写"跑100米",还画了插图补充了自己在社团里的成绩,但最后他写了这么一句话:

11月,因为老师的失误,我没能参加秋季运动会。

在被当作回忆的纪念册的自我介绍中，特意写出"老师的失误"，让人从中窥探到他具有攻击性的一面。

此外，在介绍班级里某人最擅长某事的栏目里，他在"跑得快""读书多"这两件事里高居榜首。

朋友关系

加藤的朋友关系又如何呢？

他在法庭上提到了读小学时一起玩的几位朋友。但面对"朋友来你家里玩过吗？"的提问时，他给出了"一开始来过"这样蹊跷的回答。

辩护律师又问："一开始，是什么意思？"他做了如下回答：

> 朋友回去后，母亲满脸不情愿地打扫房间卫生，我觉得她的意思是"不要往家里带人"，所以我就不再带朋友回来玩儿了。（2010年7月27日，东京地方法院公判）

弟弟也在手记里说，母亲禁止他们邀请朋友来家里的理由是"准备点心太麻烦了""讨厌我们打游戏"。但是，加藤有一位被特殊对待的朋友，只有这位朋友时不时被招呼到家里。

家里有买PlayStation（游戏站），但妈妈规定只能在星期六玩一个小时的游戏。客厅里有电视机，但他们能看的节目也只限定为《哆啦A梦》和《日本民间故事》[1]。弟弟说直到读初二，他都没看过这两个节目以外的内容。

加藤有一位从小学开始交往的朋友叫谷村（化名）。谷村在加藤读小学六年级那年转到了加藤所在的学校，两个人因为家住得近就成了朋友。对谷村来说，加藤是他在小学阶段第一个关系要好的朋友，两个人天天一起放学回家。

谷村在2010年秋天答应接受我的采访。他和加藤后来还读了同一所初中和高中，加藤在青森工作的时候，两个人也经常一起去游戏厅，交往密切。对加藤而言，谷村是他在当地最亲密的一位朋友。

根据谷村的回忆，加藤是"运动很棒、大脑聪明"的孩子。读初中后，加藤开始周末去谷村家里打游戏，两个人的关系

---

[1]《日本民间故事》，是1975年开始播出的电视动画，由爱企划中心、每日放送等共同制作，每集30分钟，介绍日本各地流传的民间故事，1994年停播。

进一步加深。但同一时期，谷村从来没去过加藤家里。

弟弟回忆说，加藤最早买的游戏是《GT赛车》[1]，之后买的是《生化危机》，第三个是《宿命传说》[2]。加藤带着这些游戏去谷村家里玩，也找朋友借游戏玩。谷村记得最清楚的是加藤在超级家庭电脑前沉迷打赛车游戏的样子。

加藤从中学开始对汽车表现出强烈兴趣。据说，他能说对路上一辆接一辆开过的汽车车型。

通过打游戏建立的朋友网络在中学的同级生里逐渐扩大，最后有了一个五人小组。之后他们慢慢把田中（化名）家当作了聚集地，因为他家就在学校旁边，大家经常聚在这里打游戏。

这个小组里有一个和加藤做了多年朋友的人，叫村田（化名）。村田在2010年秋天接受了我的采访。

他小学和加藤在同一所学校，但班级不同，关系没那么深。进入中学后，大家都聚在田中家的游乐场，两人的关系要好起来。

---

[1]《GT赛车》，是日本1997年发售的一系列赛车游戏，在索尼公司的游戏主机上皆有发行作品。制作人山内一典想完成一款具有拟真操作体验的游戏，推出后成为最热门的赛车游戏，也是PS平台下销量最高的视频游戏。

[2]《宿命传说》，是一款在1997年由南梦宫发售的PS电子角色扮演游戏。

田中的父母白天几乎都不在家,所以大家随便怎么玩都不会有人说三道四。田中家里有两台电视机,大家各自打喜欢的游戏,或者读漫画书,随心所欲地打发时间。打游戏也没有固定的对战型游戏,每个人带来自己想打的游戏就行,到时间了各自回家。

谷村说:

> 我们被身边的人说很奇怪,但实际情况就是我们聚在田中家里,大家各自随便玩儿。有人打游戏,有人读漫画……就算一起打游戏,自己的角色结束后,也可以继续回到正在读的漫画里。是这样一个空间。

田中家的"游乐"一直持续到大家高中毕业。

暴力

进入中学后,母亲仍在插手加藤的生活。他在这段时间里梦想以后能成为一名赛车手。在田中家也一直玩《GT赛车》这个游戏,对汽车的兴趣越来越强烈。然而,母亲否定了他做赛车手的梦想。

关于这件事，妈妈也在法庭上做了证词：

> 读初三的时候，被告说想做赛车手，我觉得危险，让他一定放弃。（2010年7月27日，东京地方法院公判）

加藤在初中时交到了女朋友。一开始交往的女生是初二时的同班同学。两人放学后经常一起回家，但随着时间的流逝自然分开了。

之后交往的是初三的同级生，和他一起担任年级委员。

然而，这次恋爱被母亲知道了，遭到反对。母亲斥责道，和女生谈恋爱对提高成绩没有任何正面帮助。而且，母亲还在桌子抽屉里找出了女生送给加藤的信，并将其贴在冰箱上。

母亲执拗地逼迫加藤"放弃和那孩子交往的念想吧"，不仅如此，她还怒吼说："如果不分手就让你转校。"加藤因为害怕转校，只好结束了交往。

另一方面，聚集在田中家的这群朋友谁都不知道加藤有女朋友。他们也是在案件发生后的报道里才知道的，所有人都很震惊。加藤和女生交往的事情，对朋友们只字未提。

不过，加藤即使对要好的朋友，也从不说自己家里的任何事情。谷村说他对加藤的印象是，"从不说出自己的内心想法"。

这段时间，加藤一家人的关系比之前更糟糕了。父亲回来得越来越晚，夫妻日渐生疏。兄弟之间完全没有话说，亲子间的隔阂也越来越深。

据谷村说，加藤糟糕的家庭关系是朋友间心知肚明的事情。他说能推测到加藤在家里被禁止打游戏，而且某个时间点一到，他必须回家。朋友们从这些事情里察觉出母亲对他的过度管教。于是，大家刻意不提及加藤家里的事情，加藤自己也从来不说。

案件发生后，有其他同级生在《FRIDAY》[1]的采访中证实了加藤容易发怒的性格：

> 那家伙中学的时候就是目中无人，说翻脸就翻脸的脾气。比如课堂上他突然抬起眼睛，抓住同学的胸口大吼大叫。事后与他打架的人问他："你怎么回事？"他却回过神似的呆愣着说："我也不知道（原因）。"（《FRIDAY》2008年7月4日号）

这种暴力倾向最终指向了母亲。

初二那年（根据弟弟的记忆是初三那年），加藤打了母亲。吃饭时，母亲因为成绩的事情训斥了加藤。加藤沉默着

---

[1] 日本知名周刊，以报道娱乐圈新闻、名人绯闻和社会事件为主。

不说话，母亲怒吼："你给我说话啊！"即便如此，他还是默不作声地继续吃饭，母亲拧了他的脸，抓着他的头发使劲儿摇。加藤从座位上站起来，走去卫生间，母亲跟过去用扫帚打他。

加藤爆发了。

他的右手紧握成拳，用尽全力朝母亲的左脸打去。她的眼镜瞬间碎了。

加藤问："眼睛没事吧？"但母亲开始用脏话辱骂加藤。

弟弟听到了吵架的声音，赶紧冲到一楼，目睹了母亲蹲在破碎的眼镜旁边放声大哭。她用手绢或是纸巾捂着脸。弟弟回忆说："我觉得是流血了。"（《周刊现代》2008年6月28日号）

加藤打母亲只有这一次。

但是，他的暴力冲动却没有这么容易平息。每次遇到什么生气的事情，他就捶打自己房间的墙壁。因为这个原因，他房间的墙壁上全是凹洞。这些凹陷的痕迹至今还残留着，弟弟在《周刊现代》2008年7月26日号上刊登了照片。

此外，弟弟还回忆说，加藤的暴力行为不止于此。他在学校烦躁的时候也会赤手空拳打碎玻璃窗，满手都是血地回到家。

就在他开始在家里和学校突然使用暴力的那段时间，社会上也发生了一起骇人听闻的案件。

——神户的酒鬼蔷薇圣斗事件[1]。

这个案件的凶手和加藤一样生于1982年，案发时只有14岁。"爆发的14岁"这个话题一度成了社会焦点话题。

据说，加藤的母亲曾对熟人说："那孩子和死去的两个孩子都太让人痛心了。我一想到我儿子和'酒鬼蔷薇圣斗'是同一年的，就觉得恐怖。"（《FRIDAY》2008年6月27日号）

"Crooked"[2]

即便在这样的环境中，加藤的成绩还算不错。根据谷村的证词，他的成绩经常在班里名列前茅。

在加藤就读的中学里，每一科成绩排名前十的学生会公布姓名。村田记得加藤的名字频繁出现其中。加藤本人也在法庭上证实，自己的成绩进入过全年级前二十名。

---

[1] 酒鬼蔷薇圣斗事件，是1997年发生在日本兵库县神户市须磨区的一宗连续杀人案，14岁的凶手东慎一郎在案件中造成2人死亡、3人重伤，受害者均为小学生。由于行为血腥残忍，震惊了日本社会。"酒鬼蔷薇圣斗"是东慎一郎的自称。
[2] 保留了原文的英文表达，字面意思是弯曲的、扭曲的，引申义为心灵扭曲。

中学时代，加藤加入了软式网球[1]社团。据说，当时一起读算盘补习班的学长，强迫加藤在这个社团注册。

他擅长运动，很快就崭露头角，取得的成绩还得到了表彰。于是，一直以来动不动就让加藤放弃社团活动的母亲也迎来了态度上的一百八十度大转变，开始支持加藤。据说，在他"拿到秋季新人奖，名字登在了报纸上"后，母亲的态度转变得更明显了。

——果然拿奖、登上报纸才是妈妈想要的啊。

加藤这么以为。

在初中毕业的纪念册里，加藤用全英文写了自我介绍。

他写自己的"weak point"（弱点）是"Being inquired of my past"（被问起自己的过去），写"personality"（性格）是"Crooked"（心灵扭曲）。

和读小学时一样，加藤故意把自我评价写得极其负面。而且，他用普通中学生很难理解的英文单词表达了这一点。

即便对自己亲近的朋友，他也不袒露自己的内心世界，连有女朋友都不提及。直接表达自己的想法、内心的感情、喜悦、悲伤、烦恼这种事，他做不到。

---

[1] 软式网球，诞生于日本，它使用的球为橡胶球，需要充气，并对气压有一定要求，球拍比普通网球拍要小，材料和普通网球拍差不多，使用的大多是钛合金。

但是，他又强烈希望别人能理解他的性格和内心，同时他更希望别人关注自己，因为他渴望炫耀自己各方面很强的能力。使用英文单词表现自己的特性，就反映了他纠结的思绪吧。

此外，他还一一写下了"Likes：car（爱好：汽车）""Sports：motor race（运动：赛车）"等自我介绍，画了张很大的插图，是《宿命传说》里的一个角色。

——希望懂的人理解自己。希望和有共鸣的人构建关系。希望他们主动和我打招呼。

这些倾向与他之后在手机网站论坛里的投稿密切相关，成了他重要的留言特征。

考入名牌学校青森高中

加藤考上了母亲曾经就读的青森高中。父母非常开心，全家人破天荒地一起庆祝他升学成功。平时在家里不怎么喝酒的父亲，也开心地喝醉了。

然而，加藤在法庭上说，青森高中并不是他的第一志愿学校。

他说，当时想读的是工业高中或者当地的私立学校，想读的理由是"本来就喜欢汽车，不想再为考试取得高分去学习，而是想学习离现实更近的东西"，具体来说，他"想做使用工具的事情"。

但他还是遵从了母亲的意愿，参加了青森高中的考试，合格了。

去考青森高中时，他和母亲做了一个约定。如果他考上了，母亲就答应给他买一辆汽车。他说他是为了拿到汽车这个目标而努力学习的，随着"想成为赛车手"的梦想越来越强烈，他对拥有一辆属于自己的汽车也有了更强烈的渴望。

加藤考取的青森高中是创立于1900年的名牌学校，人才辈出，培养出太宰治、淡谷泽子[1]、寺山修司[2]等名人。2007年校区被翻新后，氛围和过去大为不同，但作为县内屈指可数的名牌学校，气场仍在。

聚集在田中家的一群朋友里，谷村也考上了青森高中。谷村说，加藤在入学前已经失去了学习的劲头。

加藤说：

> 我本来就不喜欢学习，一直都是为了达到母亲的

---

[1] 淡谷泽子（1907—1999），日本女高音歌手和流行音乐歌手，在日本被称为"蓝调女王"。
[2] 寺山修司（1935—1983），日本著名剧作家、诗人、评论家、电影导演，在各个领域中皆有活跃的表现，被称为"日本前卫艺术大师"。

要求而已，我觉得差不多了吧。（2010年7月17日，东京地方法院公判）

这种态度很快就体现在了成绩上，入学后的第一次考试，他的成绩排名倒数第二。

这期间，加藤对就读另一所高中的村田抱怨过"跟不上学校的课程"。聚集在田中家的一群朋友都知道加藤的成绩一落千丈。据村田说，那时候感觉加藤"心理受挫了"。

刚考上高中时，母亲给加藤买了一台电脑。他在电脑上下象棋下得很入迷。

不过，加藤说他并不是很想要电脑。"与其说是我找妈妈要的，不如说是妈妈硬买给我的更准确，"他说，"是妈妈想买给我，我拒绝的话，她就会生气。"（2010年7月27日，东京地方法院公判）

这句话是他在法庭上说的，所以无法判断是否表达了他当时的情感。不过从这里可以窥探到，即便升入了高中，母亲对他的干涉还是很多。

"不知道地雷的开关在哪里"

升入高中后，大家仍旧继续在田中家"玩乐"。和初中时一样,大家放学后陆续来到田中家,各自打游戏或做其他的事情,十分惬意。加藤说:"上学之外的时间基本都在这里。"

据谷村说,他在田中家就见识到了加藤容易生气的性格。比如加藤掌控着游戏机,要是谁说"差不多该换人了",他就会默不作声地站起来走开。他绝不用语言来反击,只用行动来表达他的情绪。

> 加藤是闷声生气的类型。反正我是不知道他的地雷开关在哪里。高中毕业进入社会后也是一样,他的地雷源头在哪儿,直到最后也没人明白。

谷村这么陈述。

读高中的时候,谷村被加藤揍了一次。那时,谷村和另外四个朋友碰头后正要去吃饭,加藤来了,突然用右手打了谷村的脸。之后说了些什么就离开了。

谷村完全不知道自己为什么被打,加藤说的话他一句也没听清楚。

所以有段时间,两个人的关系一度陷入尴尬。谷村绕着加藤走,两个人也完全不说话。即使是去田中家,如果谷村看到加藤的自行车停在外面,他索性不进屋直接回家。在其他朋友的斡旋下,大概过了一个月的时间,两个人的关系才得以修复。但是,谷村被打的原因还是没有说法。加藤那时候什么也没说。

对此加藤做了以下证词:

> 打游戏的时候他挑我毛病。我嘴上说不出口,想通过揍他来告诉他。(2010年7月27日,东京地方法院公判)

谷村从加藤的辩护律师那里,第一次知道了自己被打的理由。他说:"这种事情和我说不就行了吗?"

加藤在法庭上表示,这一时期的行为表现出"自己一贯的行为模式"。

即,不会用语言传达自己的想法,而是试图用行为让对方理解。他说这种"行为模式"是在母亲的"教育"下形成的,并在他的人生中反复出现。他还说秋叶原事件就是在"一贯的行为模式"的延长线上发生的。据谷村等朋友的证词,加藤所说的"行为模式"与他的实际行为完全一致。

总之,周围的人不知道加藤生气的原因,这种情况一直在持续。

为什么打人?为什么愤怒?加藤从没想过用语言说出原因。他不会用言语向对方表达自己的不满,有什么不满只会不作解释地突然生气,总是如此。

高中时代的加藤着迷于卡丁车游戏。他说他开卡丁车的技术十分高超,连工作人员都夸奖。

> 这不是我不愿意做的事情,我记得自己为了想做的事情而努力,得到结果被夸奖时有多高兴。(2010年7月27日,东京地方法院公判)

但是,母亲不认可加藤的特长。她一心希望加藤能考上北海道大学。

"我不是你的玩偶"

然而,加藤放弃了北海道大学的入学考试。他告诉母亲:"我的目标学校从北海道大学换成了其他院校。"于是母亲对他说:"这样的话,我就不给你买车了。"

加藤这个时候已经下决心放弃入读四年制大学了。

这是为什么呢?

> 母亲违反了我们的约定,我想告诉她,希望你好好遵守我们的约定。于是,我故意选择不去上大学。(2010年7月27日,东京地方法院公判)

他想用不去上大学这个"行动",向妈妈传达"希望你遵守约定"这个事情。这也符合他"一贯的行为模式"。

他选择就读岐阜县的中日本自动车短期大学。他高三时的班主任在《周刊文春》的采访中做了如下描述:

> 我接手他高二就读的班级时,和他充分沟通后得出"考短期大学"的结论,他还对我说希望得到我的尊重。(《周刊文春》2008年6月19日号)

此外,加藤还对这位班主任说过,"以后想在丰田设计汽车"(《每日新闻》2008年6月14日早报)。

班主任十分确定加藤很喜欢汽车。

> 他喜欢车,尤其是赛车和跑车。休息时间都在读汽车杂志。(《周刊文春》2008年6月19日号)

据谷村说,高中时代的加藤对汽车的热情有增无减。当时的青森还收不到富士电视台的节目,所以电视上看不到F1比赛的直播,加藤也不知从哪里找来了录像带,在田中家观看。

高三那年的夏天,加藤突然离家出走。他去了福岛县福岛市,联系了恰好也在那里参加社团活动的同年级同学,说"我离家出走了,现在在福岛"。同行的带团老师把加藤叫到了他们下榻的旅馆，第二天早上，父亲来接他回家。

加藤在毕业前夕的学生会刊上写了下面这句话：

我不是你的玩偶。

——赤瞳少女（克隆体）

加藤原原本本引用了《新世纪福音战士》里绫波丽说的一句台词。

绫波丽是一位有着蓝色头发的赤瞳少女，不外露自己的感情。她总是沉默寡言，也不太关心其他人。但另一方面，她只对司令官碇源堂敞开心扉，执行接受对方的所有命令。

然而，随着时间的流逝，她对碇源堂产生怀疑，也滋生了独立的情感。这种情况下她发出了自己的声音，说出"我不是你的玩偶"这句话。

《新世纪福音战士》这部作品的一个主题，就是家庭破碎、家庭环境不健全造成的内心创伤问题。作品中出现的少男少女都在成长过程中受到了心灵伤害，没办法"顺滑"地与他人建立关系。

据说，加藤是《新世纪福音战士》的超级粉丝。日后和他一起去唱K的朋友，都见过他狂热地唱了好几首《新世纪福音战士》主题曲的情形。而且，大家也见过他热情洋溢地说，"我喜欢TV版多过剧场版"。很明显，他无比熟悉《新世纪福音战士》里的故事情节和出场角色,于是引用了这句台词。

那么,他想通过绫波丽的台词表达什么呢?

一个是对母亲的反抗。母亲想控制他的所有行为,我们很容易想到,加藤想把"我不是你的玩偶"这句话传达给她。

另外,加藤大概本来也被绫波丽这个角色深深吸引。

——平时没有表情,也不会坦率地表达感情。只对特定的人打开心扉,吐露真心。但其实是希望自己被理解、被认可、希望与人建立联系。

他是不是对这种纠结的心态有着深深的共鸣呢?

加藤对绫波丽的迷恋,对于理解他后来的行为,有着重要的意义。

第二章
自杀未遂

考入中日本自动车短期大学

2001年4月,加藤离开青森,在位于岐阜县的中日本自动车短期大学的汽车工学专业就读。他在宿舍里和同学们过着集体生活。小泉纯一郎的执政期也刚好在这时拉开了序幕。

中日本自动车短期大学成立于1967年,是经济高速增长时期为了满足汽车产业的快速增长,培养更多汽车维修师而创建的学校。目前,这里仍在培养各类汽车维修师,包括一级汽车维修师、二级汽车维修师、汽车车体维修师等。

加藤曾说自己"想在丰田设计汽车",然而,他却渐渐丧失了考取汽车维修师资格证的动力。

导火索是他和父亲之间的矛盾。

他入学时拿到了奖学金,但这笔钱打入了父亲的账户。据他说,父亲没有把这笔奖学金转给他。

加藤便表现出了他"一贯的行为模式"。

他打算用放弃维修师资格证的方式引起父亲的注意。

> 我想让父亲想一下是为什么。我觉得只要他想到了原因，稍微联想一下就能意识到问题吧。（2010年7月27日，东京地方法院公判）

他没有对父亲直接表达"希望你把奖学金转给我"。他没想过要好好地用语言来传达自己的想法。他只想用"不考取资格证"的行为让父亲意识到自己的不对。

加藤有一辆价值100万日元的摩托车。他加入了摩托车社团，常和社团成员享受骑车旅行的快乐。根据他短期大学时期的同学证词，这辆摩托车是父母买给他的，但也有其他朋友在证词中说，这辆车是加藤自己借钱买来的。

不过，这辆车后来在一场事故中严重损毁，最后只好报废。

据短期大学时期的同学说，加藤在临近考试时也完全不学习，只顾在宿舍里打游戏。（和加藤同宿舍的）朋友拜托他"声音太吵了，能不能别打了"，他也充耳不闻，继续打游戏。（《FRIDAY》2008年7月11日）

加藤读二年级时，和同寝室的朋友发生了冲突。

那位朋友打呼噜的声音很吵。加藤没有直接抱怨，而是敲了敲墙壁引起对方注意。于是，周围的同级生开始躲着他，渐渐不和他说话了。

为了和朋友玩真人CS(《反恐精英》),加藤买了把喷漆枪。据说,他"考虑过要不要用喷漆枪扫射"聚在一个房间里无视他的同级生们。但最终没有转化成实际行动。

加藤渐渐跟不上学校的学习进度。学校老师问起他的打算时,他说"想当中学老师,所以想考弘前大学"(《周刊现代》2008年6月28日号)。他在毕业的去向调查表里也写着"希望考取弘前大学"。不过,人们丝毫没有看到他备考弘前大学的迹象。

加藤在毕业前夕放弃了学习,和同学发生冲突时的态度也不好,种种问题使得他被赶出了宿舍。最终,他既没能考取资格证,也没能找到就业出路,便从学校毕业了。

前往仙台

2003年4月,加藤去了仙台。

他青森时代的几位朋友在仙台居住。其中一人正是田中,加藤等一群人在初高中时代就是把他的家当作了游乐场。田中从仙台的学校毕业后,一直处于找工作的状态。

加藤寄宿在田中的房子里。两人一起找工作。

也就是从这时候起,加藤开始使用网络论坛。不过,当时他只是用论坛来收集游戏信息,"还没有到沉迷论坛"的程度（2010年7月27日，东京地方法院公判）。

在此期间，田中先找到了就职公司，地点在东京。于是，他决定退租仙台的公寓。

加藤失去了容身之处，向父母哭诉。他联系了老家的亲人，请求父母通融，给他一些金钱。

母亲以加藤交出备用钥匙给她为条件，帮加藤租下了仙台的公寓。加藤虽然觉得"很讨厌"，但还是想着"两害相权取其轻"，最终答应了这个条件。

除田中之外，加藤在仙台还有一位叫泽口（化名）的朋友，他也是青森时代聚集在田中家游乐场的伙伴之一。加藤之后也频繁出入泽口家，在这里打游戏消遣。此外，谷村和村田等人考上了札幌的大学，每到休息日也来这里玩。泽口的公寓成了大家的新据点。

7月，加藤总算在一家公司谋到了职位。这是宫城县内的一家知名公司，业务内容从人才派遣开始，之后拓展得十分广泛，包括讲师派遣业务、外包业务、付费介绍工作业务、海外人才商业咨询业务、保安业务、广告策划·制作业务、建筑·土木及防水工程业务等。

加藤从属于警备事业部，其中包括负责交通引导的防踩踏保安部，以及负责建筑物设施管理的建筑物保安部。加藤从事的是防止人员踩踏的交通引导工作，但他并没有作为正式员工被录用。

大友秀逸（化名）是在这家公司里和加藤一起工作的同事。秋叶原事件发生后，大友作为加藤的前同事，一直积极发声。

大友是在加藤入职前5个月进入公司的。

他第一次和加藤共事是在8月。那次是负责仙台花火大会的交通引导。先入职的大友在这次活动中担任小队长，统筹一整片区域。加藤作为新人在他手下工作。

加藤负责过路行人的来往指引，他是第一次担任交通引导的工作。略有些紧张的他非常礼貌地对大友打招呼说："我是第一次在这种现场，还请您告诉我具体怎么做才好。"工作开始后，他也会认真听注意事项。

——以后还想和他一起共事呀。

大友心里这么想。

加藤当时没有车，因此，每次他都是乘坐巴士等公共交通到现场。

大友对上司提出，他希望和加藤分到同一个现场，还说"加藤没有车，我可以去接他"。这一提议被采纳后，大友和加藤一起工作的机会便多了起来。

大友当时开的是力狮[1]改装车。他也很喜欢汽车。

大友开着这辆车来接加藤的时候，加藤表现出了兴趣。

---

[1] 力狮（Legacy），是日本斯巴鲁推出的一款兼顾日常行驶性能和舒适性的汽车，自1989年面市以来成为全世界最成功的汽车品牌之一。

"我也很喜欢车。"加藤这样嘟囔着。

在那之后，两人更加投缘，话题从喜欢的动漫到青森的事情，无所不谈。大友也在青森出生，离加藤的老家不远。

后来差不多半年的时间里，两个人一直在同一现场工作，但加藤先被公司要求转成了内勤人员。也许是加藤的能力被公司发现了，他成了统筹人事调配的负责人。具体的工作内容是给公司的各种销售工作配置相应人数的保安。据说他虽然变得忙碌很多，但感受到了工作的价值。

转为内勤后，他的工资也成了固定薪资。税后有17.6万日元。雇佣形式是非正式员工。

可是在现场工作的话，时薪是700日元。天气变化会影响现场的工作，所以工作时间不稳定，再加上反复加班的情况，加藤每个月的收入大概有25万日元。

加藤对此表示不满。他觉得公司以给他升为借调员工的名义削减了他的薪资。但现场的工作需要经常和其他工作人员同住在一个大房间里，加藤不习惯和很多人共处一室，于是在内勤的岗位稳定下来。

大友也在加藤之后转到了内勤岗。两个人再次在同一楼层共事。

在内勤工作中，总部派来的正式员工和在现场的非正式员工之间存在着明显差别。总部的正式员工被称为"西服组"，而现场的借调员工及以下被称为"制服组"。公司里有些地方只能让西服组进入，还会赤裸裸地对制服组的人说，"这里面有保险柜等重要物品，禁止你们进入"。大友说他觉得这是"种姓制度"。

借钱

也许因为是保安公司，加藤的同事里有前自卫官和预备自卫官，还有前警察。据说加藤会和他们一起玩真人CS。

大友说，加藤那时很主动地向前自卫官请教游击战里步枪和匕首的用法。因为过于积极，前警察还对他说："你试着考一下自卫队或者警察如何？"但他回答："不，不，我还是算了。"

大友和加藤经常就动漫和汽车的话题聊得热火朝天。据说加藤喜欢的动漫大多是描写精神世界的作品，最具有代表性的就是《新世纪福音战士》，两个人喜欢在一起交流这部作品的有趣之处。大友还把他的《攻壳机动队》剧场版的动画DVD借给了加藤，据说加藤看完"很感动"。

加藤这期间逐渐接触到手机网站。一开始只是浏览游戏相关的页面，或者为了搜索游戏方面的信息在论坛上发言。等接触手机网站成了日常后，他专门为自己喜欢的漫画（《魔法老师》[1]）制作了一个粉丝网站，设置了论坛区。加藤对谷村说了网站的事情，还说"希望你有空的时候登录看看"。

然而，谷村说这期间的加藤还没表现出沉迷手机网站的模样。因为他制作的粉丝网站几乎没什么访问量，算是半途而废了。加藤自己也在庭审中说过，"那时候还没有沉迷于论坛"。

另一方面，无论加藤和大友交往得多密切，他从来没想过邀请大友来自己的公寓里做客。即便是大友开车送他到家门口，他也只是在公寓楼下道别。他没有把大友介绍给青森时代的朋友。所以大友总感觉，"他是个不希望他人进入自己世界的人"。

2004年春天，加藤考取了汽车驾照。

尽管他对汽车一直有着很浓厚的兴趣，但读短期大学的时候没有去考驾照。这是为什么呢？

> 母亲违反了"考上大学就给你买车"的约定，我这么做是想引起她的注意。（2010年7月27日，东京地方法院公判）

---

[1]《魔法老师》（日语：魔法先生ネギま！），又译为《魔法先生》，是日本漫画家赤松健的漫画作品，由讲谈社《周刊少年Magazine》于2003年第13期开始连载，已连载完毕。

这也是他"一贯的行为模式"。

最终,他还是找母亲要了钱,去考取自己心心念念的驾照。加藤在这之后找大友商量买车的事宜。大友给他介绍了一位相识的二手车店老板,加藤用 30 万日元买了一辆白色的斯巴鲁翼豹[1]。据说这辆车行驶了 17 万公里,行驶距离过多,所以才能低价买入。这是加藤的第一辆车。

加藤开始为这辆车不断花钱。他先更换了轮胎和排气管,之后又购入了各类零件。因为汽车油耗高,燃油费的开销也水涨船高。

于是加藤把手伸向了消费者金融机构。每次还钱艰难时,他就靠不吃午饭来省钱。据说上司有时看不下去,直接拿给加藤一千日元的纸币,对他说"拿这个去吃饭吧"。那一年的夏天,加藤还玩起了柏青哥[2]。

为了日常出行,他又买了一辆摩托车。因为翼豹实在太费油了。

然而,他的贷款有增无减。加藤的生活也越来越拮据。

也是从这个时候开始,加藤在职场发脾气的情况多了起

---

[1] 斯巴鲁翼豹(Impreza),为日本富士重工业于 1992 年起发行的紧凑型轿车,自推出以来即为斯巴鲁汽车的主力车种之一。
[2] 日语为"パチンコ",日本的一种弹珠游戏机,在日本非常流行。

来。只要他有一点点感觉到别人看不起他,就瞬间大发雷霆,有次甚至砸坏了电话听筒。

——加藤会突然暴怒。他的脾气有开和关的按钮。

大友这么认为。

加藤的岗位是人员配置,所以他负责和很多工人传达第二日的现场信息。很自然地,其中有人对他的配置方案表示不满。类似"我不喜欢那个现场""我明天不想去"这样的抱怨屡见不鲜。

随后加藤就会瞬间发怒,有时会怒吼:"你这个混蛋,明天给我滚一边去吧!"

无故旷工,之后离职

加藤的工作基本是内勤,但偶尔也会去现场。尤其是临近年末,公共工程增多,公司常常人手不足。

过完新年没几天,加藤在一个工地引导交通工作。他的工作内容是指挥进出现场的车辆,为了保证大型自卸卡车安全开进道路,他要提醒来往行人和车辆。

当天,有一辆自卸卡车正要从工地开进道路,加藤确认了交通状况后,对卡车司机做出了"停车"的手势。然而,司机没有听从加藤的指挥,自顾自地把卡车开上了公路,之后开走了。

加藤十分生气。

——既然不听从指挥,也就不需要引导人员了吧。

他这么一想,索性擅自回家了。在法庭上,他和律师进行了如下对话:

> 辩护律师:"这是你对自卸卡车的抗议吗?"
> 被告:"是这个意思。"
> 辩护律师:"直接和对方说不是更好吗?"
> 被告:"现在回想起来,确实是这样。"(2010年7月27日,东京地方法院公判)

这对加藤而言是"一贯的行为模式"。他表现出的态度就是不用语言,而是用行动引起对方注意。

他有段时间没有出现在公司。几天后,因为出勤表里的旷工次数太多,他被上司大骂一通。他对此表现出了反省的态度,还去和相关的工程公司道了歉。

但这件事之后,他基本没再来过公司。就这样直接离职了。

加藤认为,他的离职也是"想引起对方注意"。

他在职场上有一位完全相处不来的上司。这位上司是营业所所长,从来不认真听部下说的话。在大友看来,这个人"只看数据""是必须对他言听计从的类型"。

加藤负责人员配置的时候提出过几个方案,但所长几乎没有认真听,"不说采用也不否定,方案就这么流产了"。

加藤也是想通过突然离职以引起这位所长的注意。

> 我想着,自己不在的话,公司的情况会变得有点麻烦,这时候(所长)可能会想我为什么会辞职。我想让他意识到,我(离职)是不是想对他表达些什么。(2010年7月27日,东京地方法院公判)

加藤的这种"呼吁",连大友都没看出来。他还以为加藤是因为欠债才离职。

在这期间,谷村和村田恰好来泽口在仙台的公寓玩。加藤也加入其中。

那时,加藤很突然地和大家坦白:"我辞职了。"谷村之前听加藤抱怨过上司的事情,以为他离职是因为对公司有不满。果然,加藤也说他是因为对上司不满而选择辞职。

那之后过了一个月,三月的某一天里,大友的手机突然响了,是加藤打来的电话。

他找大友商量:"我找了新工作,要离开仙台了,你能把我那辆车买下来吗?"大友回复说:"10万日元的话就可以。"于是,加藤接受了这个价格。

为了交车,许久未见的两个人见面吃了顿饭。大友还开车送加藤回了公寓，之后告别。对大友而言，这是他人生最后一次见到加藤。

加藤没有和父母商量就退了公寓，逃一样地离开了仙台。他甚至没有告诉父母他的目的地。他还换了手机号码，青森老家的人也和他失去了联系。

"你就是个派遣员工"

2005年3月。

加藤前往爱知县。他看到丰田在招募临时工，于是前去面试。

他想当然地以为自己肯定会被录用。然而在体检的时候，他说了从小学开始因为突然腹痛昏倒过几次的事情，因此没被录用。

失落的加藤再次回到仙台。但他没了可住的地方，只好寄宿在泽口的公寓。

没能找到工作也许加剧了他的不安，他因为突然发作的腹痛昏倒了。疼痛难忍间，他叫了救护车。实际上也确有加藤在3月20日被救护车运送医院的记录。

幸运的是，腹痛被控制住了，没有发展到严重程度。加藤也重新打起精神，想着应该继续找工作，随后在派遣公司注册。

加藤找工作的条件是要有宿舍，且上班不用开车。

他还是不想和父母联系，也不想和他们说离职还有退掉公寓的事情。因为这个原因，他没办法拜托父母做租赁公寓的担保人。而且，因为已经把车卖给了大友，他手头也没有购买新车的资金，很难立即拥有属于自己的汽车。

派遣公司很快与他取得了联系，给他介绍了一份汽车制造工厂的工作。

地点在埼玉县上尾市。

找到了自己喜欢的与汽车相关的工作，他满心欢喜地前往上尾。

加藤住在公司安排的宿舍里。3DK[1]的公寓一共有3个人住。每个人各自使用一间6榻榻米[2]大小的房间，大家共用厨房、浴室、卫生间。但没有人使用厨房。大家最小限度地使用着公共空间，各自蜗居在6榻榻米的房间里。

每个人都十分注意隔音，房子整体显得格外安静。加上各自的上班时间不同，相互之间很少交往。但人际关系说不

---

[1]DK，日本地产用语，D为Dining room，K为Kitchen的缩写，指有客厅和厨房的公寓。
[2]榻榻米，是日式房间的计量单位，传统尺寸是长180cm，宽90cm，等于1.62平方米，一块榻榻米也称为一叠。

上糟糕，只是日子过得很平淡。

加藤被分配的工作是分拣传送带上的汽车配件。他在这份工作中感受到了自我价值。日薪是 8500 日元。基础工作时间从早上 8 点半到傍晚的 5 点半。

2005 年时的经济情况还算景气，汽车的生产数量也较多。因此他的工作很忙，经常加班。虽然每周有双休，但星期六时常加班。正因如此，他月收入最多时可以拿到 27 万多日元。

加藤在上尾时，还和大友保持着电话联络和信息往来。

加藤对他说："每周去一次秋叶原很开心。"他都是一个人去秋叶原，去逛逛游戏区，再光顾一下女仆咖啡厅。

加藤说：

我身上有宅男的要素，所以自然而然对秋叶原产生了兴趣。（2010 年 7 月 27 日，东京地方法院公判）

渐渐地，加藤在职场上也被大家看作"宅男"。但是，据说他对此一点也不反感。当时《电车男》十分流行，他还有了个"电车"的外号。他在电话里对大友说了这件事，还说"这对我来说是荣誉"。

这期间，大友离开了工作单位，和事业部部长一起创立了新的保安公司。大友十分热情地邀请加藤加入新公司的事业。为此，他每周都给加藤打两三次电话，企图说服他。

但是，加藤一直委婉地拒绝大友。即便如此大友还是打电话来劝说，加藤渐渐不再主动打电话了。大友主动联系他的次数也慢慢减少了。大友回顾说："我以为对加藤来说，我们之间的关系是个麻烦。"

和大友创立新保安公司的共同经营者里，有他们前公司的所长。大友并没有意识到加藤对所长的极度厌恶，也没有反应过来这甚至是加藤离职的原因。所以，他经常毫不忌讳地提到所长的名字，还反复游说加藤。

加藤也渐渐不回大友的信息了。可能他觉得这个行为是对大友的"警示"。

加藤和大友也疏远了。之后，大友的手机坏了，弄丢了加藤的联系方式，也发不了信息。他想着"反正加藤早晚都会给我发个信息的吧"，但加藤再也没有和他联系。直到案发，大友完全不知道加藤去上尾之后的事情。

另一方面，加藤和青森时代的朋友关系也变得疏远了。离开了青森和仙台孤身前往上尾的他，自短期大学以来再次疏远了老朋友们。加藤差不多每周用手机邮箱给大家群发一次信息，跟他们简单聊两句。

在新的工作岗位上，他也没交到能在休息日一起外出活动的朋友。没有打游戏的伙伴，也没有一起玩卡丁车和真人CS的对手。这种状况是他读小学以来第一次遇到。

正是在这期间，加藤开始沉迷手机网站论坛。他工作之外的时间基本上都在论坛上发帖子。据说休息日甚至一整天都泡在论坛里。

在上尾的生活步入正轨后，加藤贷款买了一辆新车，是重新改装了排气管的马自达RX-7，价格在70万日元左右。

这笔贷款让加藤的生活陷入困境。他本来就要一直还消费者金融的贷款。现在每个月还要多还一笔车贷，于是他在本职工作外，每周日都要打零工。他的生活渐渐不再有闲暇时间。

加藤对职场产生的不满情绪日趋强烈。

起因在于他和正式员工之间的关系。他就自己负责的产品零件的摆放问题找正式员工商量，但对方告诉他"你就是个派遣员工[1]，别多嘴"（2010年7月27日，东京地方法院公判）。

于是，加藤越过了负责现场的上司，直接找到负责派遣员工的上司再次商量了这件事。然后这位上司又向公司做了汇报，最后和加藤反馈说他的意见被采纳了。

从那之后负责现场的上司就经常对他说些温暖的话，"干得不错""你的工作很重要呀"，有时还鼓励他"再加把劲儿呀！"但，对他说"你就是派遣员工"的那位正式员工却

---

[1] 此处有讽刺加藤是"临时工"的意味。

从没有向他道过歉。

2006年4月。

为了向这位正式员工发出"留意"的信号,加藤再次离职。

有一天,他在完全没有做任何汇报的情况下,收拾好行李离开了宿舍。因为他想的是,自己什么都没说就匆匆忙忙从公司消失了,一定能引起那位对自己发出歧视言论的正式员工的注意吧。

加藤在这家公司任职一年。他最终抛弃了自己心心念念的汽车工厂的工作。

没了住处的他再一次回到仙台,寄宿在泽口的公寓里。这一次,他没有对泽口说自己辞了工作的事情。他撒谎说自己假期里过来玩玩。

论坛里遇到麻烦

加藤开始翻阅招聘杂志,寻找新工作。

一份制造住宅相关配件的工厂派遣工作进入了他的视线。地点在茨城县筑波市。这是一个陌生的城市,但筑波的急行列车可以直达秋叶原。去秋叶原的便利交通对加藤极具吸引力。

2006年5月。他去面试了这份工作,被成功录用。他搬出泽口的公寓,开始了在筑波市的新生活。

加藤的住所是和上尾时期同等风格的公司宿舍,但这次是单人房间。加藤的工作内容是给大型机械车加装用于建筑材料的木材。他觉得这份工作十分充实。只是,大型机械地处偏远,他工作的时候几乎是与世隔绝的。

他和同事们的关系还不错,几乎没有什么感到不满的事情。休息时间里大家也会聚在一起,交谈甚欢。不过,他没有很交心的朋友。休息日里,他和在上尾时一样,独自前往秋叶原。

这时候的加藤比以前更着迷于论坛了。对他而言,论坛成了不可或缺的存在。他说当时他把论坛称为自己的"回归之处"(2010年7月27日,东京地方法院公判)。

但在这个"回归之处",他尝到了被疏远的滋味。

有一次,他对论坛的伙伴说:"想用真心话写一写严肃的事情。"结果,他和伙伴们的关系一下变得很糟糕,论坛里的人都消失不见了。他在十分沮丧的同时,还以为自己给管理员添了麻烦,连登录论坛都变得不甚顺畅。

他变得很孤独。

在青森和仙台的时候,他身边有朋友。他们可以一起聊游戏和动漫。在上尾和筑波,他身边连朋友都没有,但他有论坛这个"回归之处"。

然而,论坛里的朋友都开始躲着他。他不好意思再登录论坛。他的孤独感进一步加深了。

——好想自杀。

并不是有什么决定性的理由。也不是对职场有极大不满。但，他每天都想着自杀的事情。

季节到了夏天。

自杀未遂

加藤开始模拟自杀。

他想到了开着自己喜欢的汽车去死。接着，他想到了一个合适的地点。青森县内的环城路。

他打算在环城路正面撞击从对面车道行驶过来的卡车。在法庭上，辩护律师问："为什么选择青森呢？"他回答："因为我想让当地的朋友知道我自杀了。"

日期选在了8月31日。

这一天是消费者金融的还款截止日期。他决定把信用卡的使用额度用到极限，然后自杀。

加藤又一次无故离开职场，开车直奔青森。他心想"反正要死了，其他的事情随便怎么样吧"。他开车经过了东京、仙台、秋田，最后到达了弘前。然后，他在市内的便利店买了一两瓶鸡尾酒，一饮而尽。他本不擅长喝酒，一口气喝完，整个人俨然"酩酊大醉"。

加藤借着酒劲儿开上了环城路,在途中还给青森的朋友们群发了一条信息,"我等下要开车去撞卡车自杀"。他说:"我是想让大家知道,这不是交通事故而是自杀,所以故意给他们发的信息。"

之后,他还给母亲打了电话。自从去了仙台,这是他时隔两年再一次和母亲联系。母亲接了电话后,他没头没脑地告知她:"我马上就要自杀。"母亲好像说了些什么,但加藤单方面挂了电话。然后,他删除了手机里所有的联系人和"收藏夹"。

那时,收到了"要自杀"信息的朋友们全都陷入震惊。加藤已经有段时间没和他们联系了,突然收到他发来的自杀通知,他们集体慌了。

谷村回到青森后重新找了工作,他收到信息时刚好是工作日的午休时间。他慌里慌张地回复信息说"别这样""你再好好想想",同时和朋友们取得联系。

以前把田中家当游乐场的朋友圈子里,除了谷村在青森,村田和冈本(化名)也在青森。他们所有人都收到了加藤发来的信息。

谷村不敢给加藤打电话。他一想到"万一联系不上……"就无论如何也打不出这通电话。谷村和冈本商量后,冈本决定直接给加藤打电话。谷村的午休时间到点后,他带着十分不安的心情回到了办公室。

另一方面,加藤已经到达了目的地的环城路。

那时,他的手机一直在响,都是信息提示的声音。

加藤很在意信息的内容。

终于到了要自杀的时刻,但他很想看一下信息。为了把车停好,他打算先掉个头。

然而,或许是他喝多了的缘故,他开车撞到了路边石。他慌慌张张地转动方向盘,踩了油门,但车还是纹丝不动。他下车一看,发现零件撞坏了。

加藤不想放弃自杀。于是,他准备先对汽车进行应急处理,只要能短暂地开起来就行。他叫了拖车,拜托经销商做应急处理,但对方没办法立即赶来修理。

在这个过程中,加藤想自杀的念头退缩了。

一直有人打来电话,加藤都视而不见,但他刚好接了冈本打来的电话。

冈本担心得不得了,加藤对他坦白"自杀失败了"。冈本总算安心地挂断了电话,然后给朋友们发了信息,说"电话打通了。还活着"。没过一会儿,谷村收到了加藤本人发来的信息。信息的内容写着"我没死成,抱歉"。

谷村是在下午3点的休息时间收到这个告知信息的。他全身猛地放松,总算放下心来。

与母亲的邂逅

这一天,加藤时隔三年,重新回到老家。

母亲很久没有见到加藤了,紧紧地抱住了他,嘴里念叨着"对不起""你总算好好地回来了"。对加藤小时候进行的过分"教育",母亲也坦诚地道了歉。

其实,母亲从几年前就开始反思自己的教育。加藤家的长子一直在换工作,次子早早从高中退学,过着"蛰居族"的生活。在邻居眼里一直是优秀样板的兄弟俩,如今都偏离了母亲构想的理想前途。

加藤回老家的前一年,母亲对弟弟说过"你们变成现在这样都是我的过错",算是谢罪。弟弟把这一刻描述为"第一次与母亲的邂逅"(《周刊现代》2008年6月28日号)。

自加藤记事以来,这是母亲第一次抱他。母亲对他说:"你回家就好。"还说他可以暂时在家休息一段时间。这期间父亲在仙台过着单身赴任的生活,于是他和母亲两个人生活了一段日子。

加藤和母亲商量"想去看一次精神科"。但是母亲告诉他"这没什么意义",最终加藤没能看成医生。他有段时间完全想不了事情,每天都无精打采。

每到周末,父亲会从仙台回来。加藤开车送父亲去车站的时候说"我太蠢了,抱歉",父亲告诉他"你一直在家里就行了"。

其间,当地的朋友们也联系了加藤。他们策划了欢迎会,邀请加藤参加。

两三个星期后的一天,他们在青森市区的一家全国连锁的居酒屋里举办了一次聚餐。参加的成员除了加藤,还有谷村、村田、冈本、田中,一共五人。

席间,成员们没有触及加藤自杀未遂的话题。据谷村说,大家聊天的时候尽量保留着和以前一样的感觉,聊的话题大多是游戏和动漫,气氛也一直很融洽。加藤似乎也放松下来,别人问起他之后的计划时,他说:"必须要在青森找份工作了。"

聚餐结束后,一群人开一辆车踏上归途。田中先下了车,正要开往下一个人的家里时,加藤邀请大家,"今晚我家没人,要不来我家喝吧"。于是,他们第一次被邀请去了加藤家里。

谷村、村田、冈本一起去了加藤家。他们在客厅喝酒,谈笑风生。谷村和村田都评价道:"加藤的家里很没情调,乱糟糟的,没有什么生活气息。"

之后,加藤和村田又去了市中心的居酒屋。村田喝了酒后,提到了加藤自杀未遂的事情,还对加藤说教一番。加藤说:"谢谢你,这件事让你们担心了,我很抱歉。"

这次聚餐之后,加藤恢复了和当地朋友的关系。尤其是和谷村,他俩见面的机会多了起来,两个人常常一起去游戏厅。谷村教了加藤UFO扭蛋的秘诀后,加藤很上手很快,拿到数不胜数的玩偶。

这段时期,加藤的外祖父去世了。

加藤在这段时间负责开车接送参加葬礼的客人。亲戚们都夸他的开车技术好,他十分得意。于是,他想到了去做巴士司机或者卡车司机,还找母亲出钱去上了大型车辆学习班。他热衷于驾驶自己喜欢的汽车,过上了久违的快乐生活。

最后他拿到了大型车辆的驾照。之后,这本驾照让他找到了下一份工作。

在物流公司就职

加藤在学习班期间,也去了Hello Work[1]。但是,他没有找到心仪的岗位。他想找一份能用到大型车辆驾照的工作,可大多数公司都"看重经验"。

但2007年1月,有一家公司录用了经验尚缺的加藤做卡

---

[1]Hello Work,是日本政府所营运的职业介绍所,各都道府县都有设置,免费提供民众求职讲座及企业实习的机会。

车司机。

这是当地的物流公司。

从被录用到开始工作还有一段时间。加藤找村田商量，他想开车出去旅行三天两夜。村田当时沉迷于游戏厅的某一款游戏。于是，加藤和村田就策划了一场有这款游戏的游戏厅"打卡"旅行。

新年假期结束后，两个人立即从青森启程，开车直奔关西方向。途中他们去了静冈和名古屋的游戏厅，最后抵达京都。村田清楚地记得那时下了雪。随后两个人经过滋贺、福井、金泽，回到了青森。他们一路上停靠的游戏厅一共有25家。路上两个人交替着开车，努力按时完成了行程。加藤说："很高兴别人信任自己的车技。"（2010年7月27日，东京地方法院公判）

旅行回来后，加藤开始了物流公司的工作。他的上班时间是每天凌晨3点。工作内容是给学校供餐配送牛奶。

他上班时先把已经送到公司的牛奶装车，之后送到公司负责的县内学校。所有工作差不多能在中午1点做完。每天的工作都很辛苦，但他感受到了工作的价值。开着自己喜欢的车，被人认可地把一辆卡车交给自己，还有人在等待自己运来牛奶。这些足以让他拥有单纯的快乐。

他工作的态度很认真，工作也很仔细。虽然他拿到大型车辆驾照没多长时间，但没有发生过驾驶失误，公司也越来越认可他。

他和公司的同事们关系也很好。

情人节的时候,他收到了公司女同事送的义理巧克力[1]。虽然对方给全公司的同事都发了巧克力,但加藤还是在网上买了一款稀有酒,在3月的白色情人节作为还礼送给了对方。他在职场上不经意地敞开了自己。

加藤没过多久就升为了正式员工。这份录用是对他工作能力的认可。

4月末的公司赏花活动里,加藤负责占场地。他一早就起床,拿到了最好的位置。据同事说,那个位置距离卫生间和摊位都很近,路过的人流也不多,是赏花的最佳地点。

加藤被前辈们交口称赞。他也觉得"努力有了回报",十分高兴。

这期间,加藤和当地朋友恢复了联系,工作也趋于稳定。和同事相处得平安无事,没有金钱方面的烦恼。母亲也对他道了歉,不再像过去那样过度干涉他的生活。

加藤感觉自己拥有了一个安稳的环境。

---

[1] 义理巧克力,又称人情巧克力,是日本社会特有的现象,指女性在2月14日情人节当天对并非恋爱或者心仪对象的男性朋友、同学或同事等,为表示感谢对方往日对自己的照顾,或者期待在3月14日白色情人节时收到回礼而赠送的巧克力。

但是，没过多久，生活的一角开始崩裂。

父母离婚

加藤每天下午4点左右回家。为了准备好凌晨的出勤，他最晚8点就要上床睡觉。

他每天一回到家，母亲已经做好了晚饭等他。家里只有母亲和加藤两个人。以前他们在餐桌上没有任何对话交流，但这段时间他"开始努力聊些什么"。他会和母亲说当天遇到的事情，或者一些无关紧要的小事，努力让欢快的对话进行得久一些。这是他人生中第一次主动和母亲交流。他有种感觉，"自己也是大人了"。

他在考虑"重新创建这个家"。他想做些什么让这个分崩离析的家庭重新建立起羁绊。

然而，他的心愿没能实现。

5月黄金周假期的一天，他正在自己的房间睡觉，突然被在家的父亲叫醒。父亲很突然地告知他："我们要离婚了。"

父母的离婚，是加藤没有想到的。

父亲没有对加藤说原因。加藤也没打算过问其中的细节。他没说想让一家人重归于好的想法。只是"很难过"（2010年7月27日，东京地方法院公判）。

母亲说过要以加藤的名义买一间公寓，结果加藤最先从家里搬了出去。这是 7 月的事情。

他在离家 10 分钟左右车程的地方租了间公寓。这里离青森的市中心有点远，但离他上班的地方很近。公寓位于主干道岔入支路的尽头。进入公寓，走过玄关，电视机和沙发率先映入眼帘，里屋是卧室。房子里还配置有整体浴室。

附近的主干道是单向三车道，全国连锁牛肉饭餐厅和大型汽车公司的展厅等店铺鳞次栉比。这是很典型的日本郊区风景。

加藤经常招呼谷村来家里。加藤打电话或者发信息邀请谷村："你有空的话要不要来我家里玩？"谷村应承后他就开车去接对方。他们在家里打游戏，相互借漫画书看。谷村回忆说："大概去了十多次吧。"

村田也在加藤搬家后不久来做客了一次。在村田的印象里，加藤的"房间乱糟糟的，看着很冷清"。

那一天谷村也在。他们一起在附近的牛肉饭餐厅吃饭，漫无边际地聊着天。

这是村田最后一次见到加藤。

第三章
论坛与旅行

"不特定多数"和"特定少数"

从青森回来大概两个月后，2006年10月，加藤再次开始使用手机论坛。他当时还没找到工作，正在为考取大型车辆驾照上学习班。因为居家时间长，他又一次回到了曾尝过被疏远滋味的论坛。

加藤用的是"究极交流论坛"（俗称"究极"）。之前住在上尾、筑波时用的论坛，他没有再发过帖子。

偶尔，他也在"2channel"[1]发帖子，但他没有把这里当作栖身之处。比起更多人聚集的"2channel"，他更重视限制参与人数的手机论坛。

---

[1]2channel，又称为2ch、Channel2、2ch.net，是日本以前的匿名论坛，由西村博之于1999年创建，是"日本最受欢迎的网络社区，平均每天活跃用户数约有1000万人"。

辩护律师在法庭上询问加藤，"2channel和你使用的论坛有什么不同？"他作了如下回答：

> 距离感不一样。我使用的是参与者为特定少数的论坛，但2channel是不特定多数的社群……我用的论坛像高中学校的班级，2channel像大学……高中班级里，大家认识彼此，大学里我们认识的人很少，绝大多数是陌生人。（2010年7月27日，东京地方法院公判）

他用"不特定多数"和"特定少数"的表达来区分"2channel"和手机论坛。而且，他说他想要的是与"特定少数"人群的紧密关系，而不是与"不特定多数"人群的关系。

对加藤而言，论坛里的网名十分重要。他的网名是"黑之子"，所以他在论坛里被大家称为"小黑"。

网名当然不是真名，也不是现实生活中的昵称。但网名是在网上确认自己特质的记号。自己发的帖子也是重要的东西，能让同一个论坛的用户认出来是独特的属于"他的代码"。没有网名的话，自己写的内容就不会被认出来是"他的代码"，也就没办法把自己和别人区分开。这对加藤而言是无法接受的事情。

他说：

没有网名的话，就会被称为"无名氏"。有了网名才会被认出来。（2010年7月27日，东京地方法院公判）

加藤渴望的环境是在特定少数的人群里，他作为"他自己"被大家认识。所以，他在网上用的名字很重要，是他"被认出来的存在"。而且，加入特定少数的社群后，也有必要知道相互交流的对象是特定的"某人"。"无名氏"之间也能进行短暂的沟通，但加藤看不出其中的价值。

段子与人设

加藤在"究极交流论坛"开始发帖子后，给自己打造了"乱入论坛版块"的人设。他写了很多"自嘲的"事情和"搞笑的新闻"，等待着其他用户的回应。

对普通用户而言，特定用户的"乱入版块"不过是捣乱而已，不仅会覆盖自己发帖子的留言板，还会让论坛被他们霸占，连查看回帖（回复留言）都格外费时间。除了添麻烦，还让人很不悦。

然而，加藤却把这种"乱入版块"的行为当作自己的特色。他打算故意用这种捣乱的举动给自己争取特定的"人设"。他想的是,"乱入版块"越不严肃,他就越能用不严肃的表象得到相反的身份。

他期待着大家明白"乱入版块"是"有意为之的段子",甚至希望有人觉得这样的举动很好玩。其实,他并不是想通过在论坛版块乱写给别人添麻烦。他是想把这种故意不严肃的行为本身当成"段子",希望能有人欣赏这种段子从而产生共鸣。他一直焦急盼望着有人给他回帖,觉得他的人设很有趣。

可是,对于大多数价值观不同的陌生人来说,"乱入版块"就是个捣乱行为而已。他的人设自然受到了很多抵触,"究极"的管理员还把他列入了"禁止回帖"(禁止投稿)的黑名单。他的行为被视作"恶搞",连在论坛里投稿都变得不再可能。

加藤换了个论坛。这一次他用的论坛叫"第三世界"(俗称"第三"),用户比"究极"的人数少。他在这里继续乱入论坛版块,反复发自嘲的段子建立人设。

这里有人觉得他的人设很有趣。他的"不严肃·自嘲人设"被当作段子认可了。所以,即便他乱入版块,也没有被这个论坛立即列入"禁止发帖"的黑名单。他在工作及和朋友玩乐之外的时间里,几乎都泡在论坛上发帖子。

那么,加藤发的"自嘲的段子""不严肃的段子",到底是些什么内容呢?

举个例子，2006年12月24日（平安夜）这一天，大概是加藤开始在物流公司上班的前两周，他发了下面这一条：

"中了彩票""订好了酒店"

很明显，这是非事实的"段子"。因为他之前反复发帖子说"自己太丑了，所以没有女朋友"，那么这一条是"懂的人一看就懂的段子"。

此外，另一天他在论坛版块发了一篇题为"我想对世界有用"的帖子，点开内容后，出现了"要在牛郎俱乐部搞自杀式炸弹袭击"的文章内容。

他还反复写过下面这些帖子：

> 游戏厅明明有人在排队等着玩，还有人一直霸占着游戏机不起来，要是从他们的屁股兜里把钱包抽出来会怎样？
> 游戏厅里有情侣玩得好开心，从他们中间横穿过去好不好呢？
> 游戏厅有人按下音乐游戏的开关键时，我在旁边播放同款音乐会不会烦死对方？
> 游戏厅里有人不玩游戏却一直赖着不走，叫他们傻瓜会如何？

有一部分人接受这些不严肃的段子和乱入论坛版块的行为，但这种行为增多后，抵触的声音也随之变大。

2007年春天，加藤在职场转为正式员工，同一时期也被"第三"这个论坛列入了"禁止发帖"的黑名单。于是，他又转移到了"究极交流论坛（改版）"（俗称"究论"），再次重复了相同的行为。接着，他在这里也被"禁止发帖"了。他咨询了管理员后，对方告诉他"乱入版块的行为干扰了其他用户"，之后他"反省"了，只在一个版块里发帖子。法庭上，他把自己的行为当作"蛰居族"的表现。

同一时期，他开始使用"差不多就行了"（俗称"差不多"）这个论坛。他是在其他管理员的劝说下，出于礼貌才使用这个论坛。聚集在这里的人"最多也就几个"，据说"几乎没人""偶尔才聚集五六个人"。

加藤后来在"差不多"论坛里的人际关系，可以说有着改变他人生的重要意义。

"场面话""真心话""本意"

加藤在法庭上解释了他为何在论坛里用"真心话段子"这个术语指称他的帖子。

对他而言，"真心话"就是"不那么在乎别人的想法，不怎么考虑'说出来后会被人讨厌'的内容"。与此相对,"场面话"是"为了不伤害对方,强行说的漂亮话"。

对加藤来说,他现实生活中与朋友和同事的关系,怎么看都是"场面话的关系"。在现实生活中和"亲近的人"的交流,再怎么亲密都少不了加入"场面话",很难建立"真心话"的关系。即便有想说的话,也会担心"可能被讨厌",最后开不了口。于是更有必要的"场面话"被推上台面,"真心话"全面隐藏。

加藤想和真实的他人建立能说"真心话的关系"。他希望自己坦诚说出的所思所想,能有人好好接纳,能有人认可本真的自己。然而,他总是说不出真心话。

——无论是对同一个职场的同事,还是同一个家乡的朋友。

他们是有着自己逻辑的他者。对他们抛出"真心话",万一被讨厌的话,就意味着他连特定的环境也都失去了。被同事讨厌,会失去舒适的职场环境;被朋友讨厌,会失去"家乡"。向真实世界中的"纵向关系"(上司/部下、前辈/后辈)和"横向关系"(拥有共同场所的朋友)吐露"真心话"的风险太高。

而且,加藤在母亲的"教育"影响下,极其不擅长向对方传达自己的想法。他不会用语言直接表达,而是用行动间接传达,加藤一直在重复这种模式,对吐露"真心话"的创伤与恐惧，也一直埋藏在他的内心深处。

他放弃了与现实生活里的朋友建立"真心话的关系"，转而寄托在手机网站的人际关系上。虽然他有现实的朋友，却还是倍感孤独。为了摆脱这种孤独，为了构筑"真心话的关系"，他又开始在论坛反复投稿。

加藤写下"真心话的段子"。

——他对自己容貌的自卑、对受欢迎的男生的嫉妒、对没有女朋友这件事的愤懑……

这些真心话经过了过度变形，加上段子化的效果，最终变成了"笑料"。

然而，加藤说"真心话段子"和"本意"不一样。现实中，他不可能"在牛郎俱乐部实施自杀式炸弹袭击"，也不可能"从游戏厅里玩得正欢的情侣中间横穿过去"。说出来的终究是"段子"而已，并不是他的"本意"。

只是，偶尔也会有人弄混"段子"和"本意"，专门来说教他。这种人一般是"不会读空气的人"[1]，把"段子"错误理解成了"真实"，也往往是被大家嘲讽和排挤的对象。

可另一方面，如实写出"本意"或者真实的现实，"只

---

[1] 日语原文为"空気が読めない"，中日网络上均简称为"KY"，K是"空気"第一个字母，Y是"読め"第一个字母，意思是没眼力见、不会按照当时的气氛和对方的脸色做出合适的反应。

会招来大家的不满"。这样的话，还是没办法与和自己有相同价值观的人产生心与心的联结。他希望给自己回帖的人能欣赏他的反讽。重要的是，他们能共享"段子"之所以为"段子"的代码。

所以也可以认为，写出"真心话段子"本身就是为了与能敞开心扉的人相遇，进而希望对方认可"真实"的自己。

加藤明确表示，"论坛里的人际关系很重要"。他还说：

论坛是有相同归处的伙伴之间的交流之地。感觉就像大家来到我家里玩一样。（2010年7月27日，东京地方法院公判）

他这里说的"归处"不仅仅是单纯的"网络空间"，还有"拥有相同情感和趣味的伙伴空间"这一意思。于加藤而言，论坛里自己创建的版块，就像自己的"房间"一样。

所以他才说，"他们在论坛众多的版块中选择进入我的版块并留言，说明我在他们的排序中很靠前，我很开心"。反过来，"如果版块没有回帖没有新投稿，我会感觉孤零零的，情绪也会变得不安"。这种时候为了驱散不安，他会"连着发布奇怪的内容"（2010年7月29日，东京地方法院公判）。总之，他就是想要回复。

为了方便在人群中辨认志同道合的"伙伴"，加藤采取了一系列行动。

据他在仙台时期的同事大友说,加藤喜欢用一长串短语来设定手机邮箱名称,让人看了会想起一些特定的游戏和动漫,而且他还频繁更换邮箱名称。

直到案发之前,他使用的邮箱地址一直都有"liclaclalaclilac-eva"的字样。"liclaclalaclilac"是《魔法老师》里出现的短语,"eva"大概就是《新世纪福音战士》的意思。如前所述,《魔法老师》和《新世纪福音战士》都是他很久以前就着迷的动漫。

加藤和论坛里认识的人用手机邮箱沟通的时候,或许也在期待对方看到自己邮箱名称时的反应。对名称有反应的回复者,他会将其视为和自己有相同价值观的人,进而考虑彼此成为互讲真心话的关系。

就这样,加藤的栖身之处再次回到论坛。论坛成了他每天的"回归之处"。

加藤在论坛里投稿的事情,没有对公司同事和当地朋友提过一句。甚至在他们面前,加藤连手机也很少玩。他老家的朋友谷村说,直到案件发生,他才知道加藤沉迷于论坛。在大家印象中他是个"绝不展示内心的家伙",这一点自始至终没有变化。

——不吐露真心话的加藤。不敞开心扉的加藤。

不过,即将有一些变化靠近这样的他。

号啕大哭

加藤任职的公司通常由6到7个人组成一个团队，给县内的学校配送牛奶。加藤的上班时间是凌晨3点，天还未亮时就得开走卡车。

他的团队里有一个叫藤川（化名）的男性，比加藤大十多岁，平时还在青森市区的繁华商圈经营一家居酒屋。

2004年后，藤川的店受到了疯牛病的冲击，营业额下降了八成，生活步履维艰。他还要供养妻子和三个孩子，必须想方设法多赚点生活费。因此他在深夜关店后，一大清早又来开卡车送牛奶，下午稍微小睡三个小时，再来店里做开店的准备，日日如此。

藤川在这里工作了一年左右，加藤加入了同一团队。藤川对加藤的最初印象是"认真又老实的青年"，还感觉他"似乎不太擅长主动和别人聊天"。

学校的假日往往也是他们团队的休息日。所以不仅周六、周日是假期，暑假和寒假都是很长的假期。加藤是2007年7月4日转为正式员工的，刚好是学校的假期，他就负责了配送其他业务。然而藤川要经营居酒屋，没办法转正。两个人虽然在同一个团队，但劳动合同完全不同。

藤川每次在长假前都会招呼团队成员一起聚餐，地点在自己的居酒屋，还说就算亏损也只收每个人3000日元[1]。

2007年7月中旬，学校开始放暑假了，藤川一如往常招呼大家来聚餐。加藤作为团队一员也参加了。

酒桌上，加藤对藤川说了下面的话：

> 某种意义上，藤川桑是社长吧？我真羡慕你。你是人生赢家。

藤川强忍着怒气反问他："那你将来想做什么呢？"

加藤回答说："我想开一间游戏厅。"

这突破了藤川忍耐的底线。他知道加藤平时每个月都在游戏厅消费四五万日元。他觉得这是乱花钱，还告诫过加藤"别太浪费了"。结果，他不仅被这种人说是"人生赢家"，还要听他说些"想开游戏厅"之类的不现实的白日梦。藤川很生气。

> 你这家伙别小看白手起家的人啊！你要是有梦想的话，干吗还在游戏厅里花那么多钱？我要真是人生赢家，才不会遇到你这种家伙！你别给我搞错了！

---

[1] 日本的居酒屋一般人均消费在5000日元左右。

藤川向他讲述了自己迄今为止的经历。他开店的艰辛，他必须撑起的家，他拼命到连睡觉时间都没有地工作……不这么努力，生活根本维持不下去。藤川毫无保留地讲出了自己的故事，还说了团队里的其他成员也都为生活所迫的细节。

加藤听了，眼泪瞬间上涌，哭得两眼通红。他说"自己的想法太天真了"，加藤抽抽搭搭地号啕大哭。也许是醉酒了，他还吐了几次。藤川最后给他叫了代驾，送他回了家。

从这天起，加藤愈发仰慕藤川，也开始找他商量各种各样的事情。

加藤之后很快从家里搬了出来，自己在外面租房子住。他也对藤川倾诉了和家人的烦恼，说"实在不想回自己家"。藤川安慰他："任何家庭都有问题，你也别太放在心里。"还对他开玩笑说，"你搬的新家离女子大学挺近的，不是有很多女孩子嘛。"加藤听了，脸上也露出笑容。

藤川渐渐把加藤当成了自己的弟弟，很疼爱他。有时他会带着加藤去小酒馆喝上一杯，让他和店里的女性搭话。加藤还是不太擅长你一言我一语地聊天，总是不太会主动向女性发话。

有一次，他们在小酒馆聊到了未来。加藤说，"我没有在做自己想做的事情"，说着就哭了。藤川说了自己以前的经历，给了加藤一些勇气。

后来他们去卡拉OK唱歌，加藤旁若无人地唱起了动漫歌曲。然而，在加藤唱的歌里，藤川只清清楚楚地记得一首。

——《日本拆迁公司[1]社歌》。

这首歌是真实存在的拆迁从业者的社歌，有几句歌词因为与众不同而格外受欢迎。

2003年10月播放的《塔摩利俱乐部》[2]节目里，这首歌获得了"日本工会歌曲大奖最高奖"，一举成为热门话题，在网上被反复讨论。

藤川很喜欢这首歌。

加藤对此似乎非常开心。他去烧录了这首歌的光碟，又打印了歌词送给藤川。这些实物，至今还保存在藤川的手里。

也许正是因为这样那样的原因，加藤越发依赖藤川了。

工作之外的休闲时间里，藤川会用"Pe"这个昵称来叫加藤，这是从艺人加藤茶[3]的笑话里命名而来的。

加藤也很疼爱藤川的孩子们。在藤川的居酒屋里，他

---

[1] 日语原文为"日本ブレイク工業"（Nihon Break Industry），是一家综合拆迁公司，总部位于神奈川县横滨市。2009年停业。
[2] 日语原文为"タモリ俱楽部"，朝日电视台于1982年10月开始播出的一档深夜综艺节目，由日本搞笑艺人塔摩利（本名森田一义）冠名的节目。2023年3月停播。
[3] 加藤茶（1943—），日本著名喜剧演员，外号"加藤议员"，早年纵横日本演艺圈。日本已故喜剧演员志村健早年为其助理。

经常陪孩子们玩猜谜游戏。孩子们说加藤"长得像Drunk Dragon[1]里的铃木",他也很开心。

有一次,加藤在网上发现了一种比利时啤酒,订购后带到了居酒屋。他很开心地给藤川说了啤酒背后的故事,把酒给了藤川。加藤自己几乎不喝啤酒。所以藤川对他这份用心格外惊喜,说"拿给熟客试一下",加藤害羞地低下了头。

加藤时不时也把自己的朋友带去藤川的居酒屋。

那段时间,老家的朋友谷村因为身体不适住院了。出院没多久后,加藤立即说要以"祝贺出院"的名义搞一次聚餐,这着实罕见。他和当地的三个朋友参加了聚会,大家被加藤直接带去了藤川的居酒屋。藤川也清晰记得那天加藤带了朋友来。

加藤在职场上发过几次脾气。

清早给车装货是他的工作中十分重要的一环。如果在这个环节耽误了时间,那他将很难在午饭的配餐时间前完成所有配送。加藤负责的多是津轻南部的偏远学校,时间紧张的话就必须跑高速公路,但要自掏腰包付高速费。

有一天,装货的过程中出了点状况,到了平时的时间点还没有装完,大家精神紧绷,争分夺秒赶时间,只有一位年

---

[1] 日文为"ドランクドラゴン",铃木拓和家地武雅组成的日本搞笑组合。

长的司机没来搭把手。这位司机平时的举止就大有问题。

加藤突然发飙了。

他大吼："都怪你不来帮忙！"随即脸色苍白，嘴唇颤抖。

藤川赶紧跑到加藤身边，安慰他："大家都和你一样气得不得了。"又交代他，"你先消消气，冷静了再开车。"

还有一些其他情况，他也会大发雷霆，比如前一位用完卡车的司机没有洗车。据说他都是没有征兆地突然发飙。

因为配送货物的地点偏远，加藤往往比其他人早一步出发。有的同事见到这个情况，在背后调侃他："那家伙是不是也比我们早一步下班溜走了啊？"传言传到了加藤耳朵里，于是从第二天开始，在所有人都装完货后，加藤最后一个出发。

但这样就赶不上配送时间。他只能自掏腰包跑了高速公路。之后把攒好的发票放在调侃他的同事的卡车里，反复做了很多次。于他而言，这就是他向对方发出的"信号"。

同事并没有留意到这些发票的含义。为此，加藤大为光火，他抓住那位同事的前襟，也是藤川从中调停，才遏制住加藤的怒火。

"你和我在一起就好了"

7月下旬，加藤刚开始一个人生活不久。

他在一个交友网站上认识了一位女性。对方年纪比加藤小一岁，也住在青森市区。

加藤和这位女性交换了手机邮箱。

每次的邮件内容只能写短短几行字，但发出去后立即就收到回复，聊天就这样来来回回进行着。

加藤向这位女性发出了"我想见你"的信息。对方回复说"OK"。

两个人约好在市区的一处停车场碰面。女性见到加藤的打扮后，心想"他肯定没有女朋友"（《产经新闻》）。

加藤下面的名字是"智大"，但是能立即读出来是"Tomohiro"的人少之又少。

然而，这位女性读对了。加藤笑着说："太难得了，能一次就读对。"那之后，她开始叫加藤"Tomo"。

玩游戏是两个人的共同爱好，加藤用他擅长的 UFO 娃娃机给她夹到了玩偶。两个人还去唱过一次卡拉 OK，加藤还是一个劲儿唱动漫歌曲。

当时，这位女性正在为人际关系苦恼。据说加藤听了她的倾诉后，温柔地鼓励她，"只要活着总有办法""不论发生什么，我都在你身边"（《产经新闻》）。

她开始渐渐信任加藤。

8月1日，加藤邀请她去"浅虫温泉花火大会"。两个人看了烟花，又去摊位吃了东西，十分开心。

第二天,加藤邀请这位女性来自己的公寓里玩。她赴约了。

之后她也去加藤家里玩了几次。两个人一起在屋子里看电视消磨时光。

与这位女性的故事,加藤仍旧对当地的朋友只字不提,连平时最经常一起玩的谷村,都不知道居然有一个女生来加藤家里玩过。不过谷村说那段时间,加藤用 UFO 娃娃机夹了好多女孩子玩的玩偶,他还觉得匪夷所思。

但另一方面,加藤把她带去了藤川的居酒屋。藤川对她的印象是"一个年轻又可爱的女孩"。

加藤介绍她的时候,说她是"用网络工作的人"。藤川开玩笑说:"你干嘛把这么漂亮的女孩子带过来啊?"

有一次,当她在加藤家里时,加藤说了句:"你和我在一起就好了。"对方说"那样不行",拒绝了他。另一次,加藤突然把家里的备用钥匙放在了女性手里。对方以"不要"为由拒绝了他,加藤坚持把钥匙送给对方,说"你什么时候来都可以"。女性不知所措地接过了钥匙,但一次也没用过。到了 8 月下旬,两人基本没有来往了。彼此发信息的次数也锐减,关系自然而然断开。女性更换了邮箱地址后,两个人便失去了联系(《产经新闻》)。

去见管理员的旅行

在这段时间,加藤也一直在"究极"和"差不多"等手机网站的论坛里发帖子。

"差不多"这个论坛的管理员,是一位出生于福冈县北九州市的男性。他以前也在"第三"论坛发帖子,从而认识了加藤。对喜欢写自嘲段子和社会反讽帖子的"黑之子"(加藤),他十分有兴趣。这位男性觉得加藤是"脑子转得很快的人",于是在他做了"差不多"论坛的管理员后,邀请了加藤加入。

在"差不多"论坛发帖子的人非常少。管理员印象中还不到20人,但在加藤和其他用户的印象里则是连10个人都没有。

加入这个论坛的年轻女性只有两个人。一位住在群马,另一位住在兵库。

"群马女性"比加藤大两岁。她在23岁时和当时交往的男性奉子成婚,但丈夫却在孩子1岁时借外债失踪。她受到很大的打击,精神状态不太稳定。

她和父母的关系也很糟糕,初中毕业后就出来工作了。她没有依靠父母,独自一人生活。本想着好不容易有了自己的小家庭,但丈夫很快就不见了踪影,生活也变得不稳定。

她没办法把孩子拜托给父母照顾,也没办法找谁拿到生活费，只能接受生活保障，和年幼的孩子在新公寓里过着相依为命的生活。

她一直受失眠的困扰，夜里总是睡不着，每当不安的情绪强烈到顶点，她就在手机网站的论坛里发帖子。因为论坛里的人不知道她的事情，也不了解她的背景，她可以比身边的人聊得更深入。虽然她平时都发一些兴趣爱好的话题，或者日常聊天这样的内容，但实在觉得很难受的时候，还是会写出自己的烦恼和艰辛。

她原来也用"第三"论坛，在那里认识了加藤。后来她和加藤一样离开了"第三"论坛，开始使用"差不多"论坛。2007年8月之后，两个人在论坛里的交流多了起来。

加藤一如既往地写着自嘲的事情，还有对情侣的嫉妒。据那位男性管理员说，加藤"常常以自己的外形为段子博大家一乐"。但是，一般人不太能理解他的笑点，所以他在"究极"论坛和"差不多"论坛上也遭到了严厉的语言攻击和抵触。

这时支持他的是那位"兵库女生"。当时她只有18岁，但在论坛里她说自己19岁。

进入8月后，加藤开始认真在"差不多"论坛发帖子。而且，这个论坛也逐渐成为他的栖身之处，成了他在网上的重要社群。

9月后的某一天，在"差不多"论坛投稿的伙伴们说起想一起去见管理员。于是，加藤创建了一个"想去见管理员"

的帖子，想实现旅行的计划。

然而，管理员住在北九州市，论坛的成员们分散地住在日本各地，一起集合前往九州旅行着实不易。计划一旦想要实际落地，大家才发现很难有进展。

但是，加藤没有放弃。

他制定了一个方案，既然大家一起旅行不切实际，那就自己去一个个见"差不多"论坛的成员，一路旅行到北九州。他发布了自己的想法，说会在论坛上直播一路的见闻，还会上传照片。

以管理员为代表的"差不多"论坛的成员们，对加藤的计划喜出望外。他们还约好了，当加藤旅游到自己的城市时，一定会安排时间见面。

9月中旬，加藤向公司申请"要去旅行，希望请假两周"。但公司方面回复"不行"，拒绝了他。

加藤对藤川坦率地说了这个事情，"我在网上认识了一些人，打算去找他们见面"。加藤以前也和藤川说过论坛里的朋友的事情，藤川知道他沉迷于论坛。

加藤还说了找公司请假的事情。藤川听了之后，这样劝他：

> 你说想去玩肯定不行。如果你真的执意要去，不如试着对公司说，"有亲戚要结婚，所以想申请

假期"。公司肯定不会给想出去玩的家伙批准长假啊，那也太奇怪了。

加藤沉默地听着，最后说："反正我就是想去。"

公司最终没有批准假期。可加藤对这趟旅行有着强烈的执念，他连藤川都没告知，便突然辞了职。

加藤从青森出发，踏上了目标直指北九州的自驾之旅。

仙台→群马→兵库→北九州

加藤最先停留的地方是仙台。

在仙台，他去泽口的公寓居住，以前他一有什么事情也寄宿在这里。两个人一起吃了饭，还去打了游戏。

加藤没有和他说论坛的事情，也没有说他出来旅行的目的。

他说：

> 自己也觉得因为玩论坛，然后（辞职）出来旅行这件事有点不太妥当，所以没能说出口。（2020年7月29日，东京地方法院公判）

加藤下一站要去的地方是群马。他用手机自带的相机拍下了沿途经过的地方,并在论坛直播他的实时动向。"群马女性"发现他快要到群马的时候,对他说"期待见到你"。

加藤听这位女性说"工作日白天的时间都方便"。因此,他计划上午到达群马,在那里一直玩到当天下午,然后离开群马去下一站。

然而,他抵达群马的时间是9月17日傍晚,比计划提早了半天。

即便如此,这位女性还是热情地接待了加藤。第一次见到加藤,她觉得他"看起来很老实"。

加藤带来了许多特产礼物。出发前他问了她喜欢的东西,除了酒,他还送了对方食物和UFO娃娃机夹到的玩偶等。"群马女性"的喜悦之情溢于言表。

晚上,加藤去她家里喝酒做客。她家中还有一个3岁的小孩子。

席间,加藤向她吐露了自己的烦恼。

——母亲对自己的教育太严苛。自己学历不高。对自己的外形感到自卑。恋爱也一直不顺利。

他反反复复用"太丑了""不讨喜"等词语描述自己的外形。"群马女性"安慰他说"没有这样的事"。加藤却说那是因为她没有怎么和他在一起玩过。

"群马女性"觉得加藤是"求夸奖"[1]的类型。在论坛里，加藤总是发大量重复的帖子，这种时刻肯定是希望有人能给他回应。这位女性感觉："虽然他有负面的想法，但他是个非常细腻的人。"

夜渐渐深了，到了睡觉时间。

加藤准备在车里睡，但"群马女性"说："在我家里睡也可以的。"于是加藤就住在她家里。因为只有一床被子，加上孩子，三个人睡成了"川"字[2]。

第二天，两个人一起上街拍了大头贴，唱了卡拉OK，还逛了杂货店，去了游戏厅。购物的时候，只要她说"这个好可爱啊"，加藤就立即买下来送给她。"群马女性"莫名感觉加藤这种涉世未深的坦率有点危险，担心他"会不会被奇怪的家伙骗了"，还想着"不能对他放任不管"。

这天夜里，两人又在家里喝了酒。

这一次，加藤突然说出一句："我有喜欢的人。"女性问：

---

[1] 日语原文是"かまってちゃん"，"構（かま）う"的变形"構って"表示"理我一下嘛"，这个词指渴望得到别人认可、高需求的人。
[2] 日语常用"川"字来形容一家人睡在一起的情景，尤其是小孩子睡在爸爸妈妈中间时，就形成了一个"川"字。

"是谁?"他说出了"兵库女生"的名字。

"群马女性"鼓励了加藤。加藤本来还纠结着要不要和"兵库女生"表明心意,"群马女性"支持他"去告白就很好啊"。加藤回答说:"我对自己没有信心,但还是会努力试一下。"这晚,三个人又睡成了"川"字。

第二天早上,加藤朝着兵库出发了。"群马女性"给加藤鼓足勇气,送别了他。加藤挥挥手说:"等我回青森的时候再顺路过来。"

9月20日。

加藤到达兵库,见到"兵库女生"。他鼓足勇气向对方告白。但对方拒绝和他交往。

加藤心灰意冷,再次踏上了旅程。

"到头来我还是一个人,好孤独"

21日,加藤抵达了北九州,见到了男性管理员。加藤也给这位管理员带了很多特产礼物。

当晚,两个人一直喝到了早上,聊到"群马女性"和"兵库女生"，还去了飞镖酒吧。第二天，管理员带着加藤去观光，两个人登上了门司塔（门司港怀旧[1]展望室）欣赏风景。

加藤和管理员聊自己孩童时期被母亲严厉管教，还吐露"自己没有心安之处"。走出居酒屋，两人又去拉面店旁边的空地上继续聊。

加藤说"自己没有朋友"。管理员安慰他："我们就是你的朋友啊。"加藤的眼泪涌出眼眶，吧嗒吧嗒落下来。加藤擦了擦泪水，说："谢谢你。"

23日，加藤从北九州出发，目的地再次变为"群马女性"的家。

25日，他到达了群马。他从兵库和北九州带来了特产，送给了"群马女性"。两个人又去游戏厅游玩，夜晚就在她家里喝酒。

加藤和她汇报了旅行的过程。他说他向"兵库女生"告白了，但被拒绝了。"不过，我一开始就知道会是这个结果。"

加藤说着说着就哭了。

"能认真地把心意传递给对方，这样就很好了啊。"即

---

[1] 日语原文"門司港レトロ"，是一个位于日本福冈县北九州市门司区的观光景点，以门司港车站附近地区许多兴建于20世纪初的西式建筑为中心，此区域的旅馆、商业设施亦随之配合以该时期怀旧风格为主题。此区域被日本国土交通省选入都市景观100选。

便"群马女性"这么劝慰他,加藤的泪水也止不住地流。

加藤将他的不满情绪和盘托出。

"我到头来还是一个人,好孤独""我讨厌一个人""要是交到了女朋友,我就不是一个人了""这样才有活着的意义""交不到女朋友,都是因为自己太丑了"……

时间又到了深夜。女生催促他"快睡觉吧",他却说:"要是一起睡的话我可能会对你动手动脚,我在车里睡。"说着,加藤走出房间,在车里过了一夜。

26日,加藤回到了青森。

两天后的9月28日,是加藤的生日。离开两周后回到青森,他打算在生日这天自杀。自己被"兵库女生"甩了,还辞掉了转正的工作,一家人也七零八散。自己已经没了心安之处——

这么一想,加藤决定这次一定要死成。

这时候,他的手机响了,是"兵库女生"发来的信息。内容写着:"等我20岁了,去找你玩哦。"

加藤一直以为这个女生19岁,还知道她的生日是哪一天。

"只要再过半年,她就会来见我了。"

他很开心,心里种下了小小的希望,转念想:"那之前不能死。"他暂且搁置了自杀的念头,开始找新工作。他没想过回到之前的公司,因为辞职的方式有些恶劣,应该已经回不去了。他拜访了青森市区面向年轻人的求职支援中心

（JobCafe[1]），想找和汽车相关的工作。他和窗口的受理人商量，"派遣的工作也可以，青森县外的工作也可以"。

加藤联系了谷村，和他一起玩了在北九州学会的飞镖。此外，他也和藤川汇报了他已经回到青森的事情。藤川为了鼓励加藤，还给他安排了聚会。

藤川在这段时间被加藤邀请加入Mixi[2]。众所周知，Mixi可以说是日本最大规模的社交网络平台（SNS），当时的系统设置是，新会员必须收到老会员的邀请。Mixi的邀请制是为了形成一个社群，里面的人彼此了解身份。

与任何人都能使用的论坛相比，Mixi是一个与关系密切的伙伴进行紧密交流的场所。只有被信任的参与者才能使用这个空间，所以"邀请人"和"被邀请人"会自动在这里成为朋友关系。

就是这样的一个平台，加藤邀请了藤川入驻。在青森的

---

[1]JobCafe，是日本各都道府县设置的面向年轻人的一站式求职支援机构，年轻人可以免费在这里找到适合自己的工作。
[2]Mixi，是日本2004年上线的社群网站，名称以"mix"（交流）与"i"（人）组合而成，希望加深同好之间交流，允许用户使用化名和卡通头像。但随着实名制的Facebook成功打入日本，2013年2月mixi用户数落于Facebook和推特之后，后来推出一款手机游戏《怪物弹珠》，成为日本手游龙头。

当地朋友和他职场的同事里,收到加藤邀请的除了藤川再没有其他人。

藤川由此进入了加藤在网上认识的,所谓"真心话朋友"的社群。进而知道了他在网上以"黑之子"这一网名发帖子的事情。

"骗人不好"

加藤一边期待着"兵库女生"来找他玩,一边找工作。似乎是为了与女生重逢,他才能努力向前生活。

然而,他得到的一个消息,打碎了他的希望。他以为"兵库女生"19岁了,可如今才知道她刚满18岁。

那"等我20岁了,来找你玩哦",岂不是一年半之后的事情?

加藤绝望了。

他心想:"搞不懂干吗要和我约那么远的事情。"于是再次想到了自杀。

他想到去东京从中央线的月台跳下去。他觉得,自己已经不存在什么活着的希望了。他决定再次前往关东地区,于是踏上了旅程。

除了论坛,他和"群马女性"也用手机邮箱保持联系。

10月下旬，也就是他返回青森大概有一个月的时候，对方发来信息说"家附近的拉面店马上要关店了"，加藤给她回复："那我可以去吃吗？"对方有点惊讶，但给了他同意的答复。

10月27日，藤川在居酒屋里搞了一次聚餐。加藤也被藤川叫去参加。

加藤现身后，很突然地对大家宣布"我现在要去群马"。他还对一脸诧异的藤川说："我要去见在论坛里认识的人。"其实，他并没有对藤川详细说过"群马女性"和"兵库女生"的事情。他只宣布了目的地是群马，还说准备立即出发。

加藤离开店里后坐进了一辆Wagon R[1]。他的爱车在旅行途中出了故障，没办法开了，于是他借了父亲的车。藤川困惑地送别了加藤。

这一次也是藤川最后一次见到加藤。藤川回忆说："那时候，我真的没想到他后来会引发那么大的事件。"

第二天，加藤又来到了"群马女性"的家里。这已经是第三次了。

和一个月前一样，他们白天去游戏厅，晚上在家里喝酒。

加藤和她说了自己高考的事情。他说自己刚进入高中时

---

[1] 日语原文是"ワゴンR"，即铃木Wagon R，是日本铃木公司1993年开发制造的轻型高顶旅行车，车名的"R"既代表"Revolution（革命）"，也具有"Relaxation（休闲娱乐）"之意。

成绩很好，但之后跟不上了，还反复说"都是自己的错"。

夜深了，两个人躺在床上。"群马女性"闭上眼睛后，加藤碰了碰她的胸部。她假装没感觉到，直接睡觉了。

翌日，一个住在东京的论坛伙伴来和他俩会合，是个男生。到了晚上，三个人一起喝酒。

加藤一如既往地反复提及一些负面的自我评价，比如对外形感到自卑等。这位来自东京的男生对加藤说"你想太多啦"，还建议他"你不如把对外形的自卑反过来当作笑料啊"。

这天夜里，加上孩子四个人一起睡在床上。

次日早上出了事。

"群马女性"在睡梦中感觉自己被什么东西压住身体，睁开眼睛，看到加藤像骑马一样横跨在她的肚子上摆动身体，将他的性器官下压，疯狂摩擦着她的小腹。

她吓坏了。

"你能给我下去吗？"

"群马女性"的瞬间反应。

加藤沉默着摇了摇头。另一个男生还在呼呼大睡。

她又说了一遍相同的话。这次，加藤说了句"真讨厌"。她十分惊恐。

"这样下去会有麻烦"，"群马女性"这样想着，于是冷静地和他说，"你太重了，先下来，我们有话慢慢聊。"又说，"你这样太过分了。"

加藤这才从她身上下来。缓过神后，他"对不起、对不起"地连连道歉，之后飞奔出房间。

那一天，加藤没有再回来。

第二天，"群马女性"联系了加藤。加藤说"我还在附近"，于是她才说"你还有行李在我这里，不如你回来拿吧"。

加藤便回去了。

"群马女性"劝慰他，先去冲个澡，有什么话之后再说。加藤照做了。

洗澡的时候，她看到了加藤放在房间里的包，里面放着避孕套。

加藤洗完澡出来后，"群马女性"怒不可遏地责问他：

> 我看到了你包里的东西，你是打算和我做才来的吗？

加藤摇摇头，又突然说了句：

> 我是打算寻死才来的。我想在死前创造些快乐的回忆。

"群马女性"惊呆了。她一开始还以为加藤在开玩笑，但看到加藤严肃的表情，她开始觉得"他该不会真的要自杀吧",也越来越担心他。

她劝加藤重新考虑一下。

加藤这时才第一次坦白,他当初是辞了工作来的。之前他说自己休假来玩都是撒谎。

加藤嘀咕着:"工作已经辞掉了,付不起房租,连住的地方都没有了。""群马女性"鼓励他:"总会有办法的。"他却一直"对不起、对不起"地道歉。

"群马女性"对他说:"你要是真的对我感到抱歉的话,就好好工作,下次再来找我。等那时候,你给我买一件连衣裙,我就原谅你。"她想,先让他有活下去的目标比较好。

加藤说着"我下次再来"便走出房间。"群马女性"静静地目送他的背影。

刚好是那段时间,藤川打开了Mixi的页面,看到了加藤发过的帖子。加藤写下这么一句话:"骗人不好。"

过了段时间,加藤退出了Mixi。藤川担心他是不是出了什么事情,打了加藤的手机,但没有接通。

那之后加藤便没了音讯。大家再见到加藤大概是7个月后,在报道秋叶原事件的电视画面里。

在上野的停车场

另一方面，回到车里的加藤，驱车前往东京。

他把车停在上野的停车场，在上野和秋叶原之间漫无目的地闲逛。之后，他想好要自杀，去了秋叶原站。

但加藤搞错了总武线和中央线。他到达月台的时候，听到广播说"中央线因为发生人身事故停止运行"，他以为自己站的是中央线的月台，想着"这样电车就不会开进月台，没法自杀了"，便离开了车站。

他怅然若失地回到了上野的停车场。

又想到"要是一直在车里睡觉，应该也能死吧"，加藤干脆一直待在车里。

加藤给住在北九州的男性管理员发了信息，内容写着"我对'群马女性'做了过分的事情"，还坦白"我差点性侵了她"。其实管理员已经从"群马女性"那里听说了一系列事情。所以他没有特别惊讶，但是加藤一直说"我太差劲了"，感觉到加藤开始透露想自杀的意思时，他担心"他该不会动真格的吧"。

"群马女性"后来也用邮件联系了加藤。据说是因为加藤在论坛里也写了"打算自杀"，她一直很担心。

这位"群马女性"当时有一位正在交往的男朋友，但她没有对加藤说过。加藤后来在其他论坛知道了这件事。结果，她再也没收到加藤的信息，打电话也联系不上。

有一次，"群马女性"在和"差不多"不同的论坛里看到了加藤发的帖子。里面的内容提到了她的事情，还说"老公抛弃了她和孩子，她的精神状态不好，没办法工作，看起来很可怜，但她交到了男朋友，比我强多了"。

"群马女性"很难过。

她在加藤的帖子里写了留言，痛斥了加藤一番。之后，加藤将整个版块都删除了，再次杳无音信。后来，两个人完全没有了联系。

加藤在停车场的车里待了差不多半个月。停车场的管理员起了疑心，叫来了警察，对加藤进行了公务询问。

警察问他："你在这里干什么呢？"加藤直接坦白："我在考虑自杀。"警察劝说他放弃这个想法。

警察留意到加藤的车牌是青森的，就对他说自己的老家是北海道，"我们都是来自北国的人"。

这一幕留在了警察的笔录里，法庭上也做了复述。根据这份笔录，这位警察还送给了加藤如下建议：

只要活着，人都会有辛酸的事情，也会有快乐的事情。你只是太拼命了，稍微放松一下就好了。

（2010年7月29日，东京地方法院公判）

加藤，哭了。

停车场的管理员说希望他先把停车费付了。停车费一共是3.35万日元。加藤手头没有这么多现金，写了欠条。管理员说："你年底前还给我就行。"

加藤心有触动，因为别人如此信任自己。他想，"无论如何都要回应这份信任"。

以此为契机，加藤决定重新振作。他当下的目标是把停车费付给管理员。于是，他当天就去了秋叶原的派遣公司日研总业，注册了派遣信息。

他暗下决心，要活下去。

第四章
"焦躁不安"

静冈县裾野市

在沼津站搭乘御殿场线朝北驶去，可以在左侧看到雄伟的富士山。

从远处看，富士山的山脊着实美丽。每到日落时分，一轮巨大的光影笼罩着整座山峰，像是从天空里突出来似的。从半山腰一直延展到山脚下的青草郁郁葱葱，散发着拒绝任何人随意进入的威严气息。

然而一旦走到近处细看，就会发现这里盖了很多高尔夫球场，球场多得超乎想象。路面宽阔的246号国道沿线和东名高速公路的入口附近，大型制造商的巨大工厂鳞次栉比，大型卡车来来往往，川流不息。

驶出沼津站15分钟后，电车到达裾野站。穿过红褐色屋顶的站台，走到车站外，田园风景便在眼前铺展开来。这是日本随处可见的景象。车站附近最高的建筑物只有三层。站前停着几辆出租车,司机在悠闲地等待乘客。在单向一车道的站前路上立着一个拱门,上面贴着一块标有"裾野市"的标识牌,边上是一圈以富士山为主题设计的装饰。不过,在拱门下通行的车辆少得让人意外。环顾站前,几乎看不到任何人影。

从站前广场去往中心街区的路上,店铺稀稀落落地开着。居酒屋、理发店、旅行社、录像带租赁店、家具店、五金店……卷闸门紧闭的店铺也不在少数。

从这个车站出发,步行30分钟左右,就到了加藤住过的公寓,他从2007年11月中旬开始住在这里。楼房有四层。246国道的外环路也经过附近。加藤的房间是1DK的,带浴室和卫生间。当时的建筑年龄只有5年,还很新。房租是1个月5.77万日元,停车场免费。租客不是加藤本人,而是作为派遣单位的日研总业。

公寓附近是一望无际的农田,零星地住着当地的农户,也散落着些许公寓,专门租给在附近工厂上班的工人,形成了一幅不太和谐的画面。这里和车站之间还有便利店和二手车销售店。这就是加藤上下班路上的风景。

他在关东汽车工业下面的工厂开始了新工作。11月11日,他在面试中被直接录用,14日就开始上班了。

裾野站临近有个岩波站,从岩波站步行20分钟左右就是工厂的位置。关东汽车是丰田汽车进行开发、生产的集团企业之一，工厂旁边就紧邻着丰田的研究所，占地面积非常大。同时，工厂旁边还有东名高速公路的裾野入口，所以这里去东京和名古屋也十分方便。

工厂的入口挂着一块很大的牌子，写着：

"我们提倡环境友好型生产活动。"

每天路过这块牌子时，加藤连正眼都不看一下，直接朝工厂走去。

"再不去3D世界就麻烦了"

加藤的工作是给车身涂装进行最终检验。他需要通过肉眼观察，加上手指触摸，来检查车身表面是否存在不合格（尤其是有无瑕疵）的地方。加藤一天需要检查约400辆车。工作现场的温度高达40度，十分闷热。

他负责的检查工作以小组为单位进行，一组大概有8到10人。涂装检查是两人一组进行操作，发现了不合格的情况就在电脑终端记录。据一位同事说，加藤的性格十分较真，有时还会因为指出的瑕疵过于苛刻导致流水线不得不暂停。加藤对工作的态度极其认真，也从来没有无故旷工。

加藤的工作分为白班和夜班，白班时间是早上6点30分到下午3点05分，夜班是下午3点20分到晚上11点15分，一周轮换一次。工资按时薪1300日元算。如有加班则每个月到手20万日元左右，没有加班则只能拿到14万~15万日元。

虽然工作十分辛苦，但做的工作和自己喜欢的汽车相关，加藤每天都过得十分充实。他和同事的关系也不错，很快就能坦诚相待。休息时间里，他会加入大家的聊天，与同事交谈甚欢，和几位关系特别好的同事常常在下班后去附近的便利店继续闲聊。聊的内容多是对公司的抱怨，也和有共同爱好的伙伴聊动漫和赛车的话题。

这一年的最后一个工作日（12月28日），他参加了在同事家举办的聚餐。喝酒后的加藤说："我之前拖欠了公寓的房租，逃走了。"他还说，"我不知道自己会活到什么时候，要是我不打算活了，会一句话也不留地消失。"

这一年的年末，加藤去了上野。他带着特产去拜访了停车场办公室，支付了拖欠的停车费用。

2008年正月，他和同事去了新年初拜[1]。2月，和同事五人开车去了伊豆兜风，还在同事的房间里一起吃了火锅。

在同事中，加藤和月山（化名）的关系最为要好。月山比加藤小四岁，与加藤同期进入关东汽车工厂工作。而且，

---

[1] 日语原文是"初诣"，是日本正月的一个习俗，指在元旦当天前往参拜神社或佛寺。

加藤和月山的兴趣爱好也合得来，聊起动漫、游戏等话题就热火朝天，休息日也在一起玩耍。每次去卡拉 OK，加藤还是疯狂地唱动漫歌曲。有些歌曲他还记得舞蹈动作，边唱边跳。歌词他都记得一清二楚。

加藤在法庭上做了如下陈述：

> 与其说这是我自创的段子，感觉更像是我在唱让对方觉得好玩的歌。有不小心跑调的时候，也有故意让他们发笑的时候。（2010 年 7 月 29 日，东京地方法院公判）

有一次，月山邀请加藤去打麻将。加藤带去了全套《神枪少女》[1]的动画 DVD，抽空观赏。他能背出来所有台词。看 DVD 时，还能比画角色更快地说出台词。即便是非常喜欢动漫的月山，都甘拜下风。

加藤习惯不时地拿自己的自卑之处博大家一笑。他很在意自己逐渐后移的发际线，但戴白色帽子时还是会故意往上

---

[1]《神枪少女》（日语：ガンスリンガー・ガール），是相田裕融合美少女、枪械、人体改造和特务阴谋要素的偏灰暗日本漫画，延伸作品有同名电视动画与电子游戏。

一抬,学东国原英夫(当时的宫崎县知事)说着"不做些什么不行"[1],引来大家哄堂大笑。不过,在月山眼里,加藤是个"不怎么展示内心的人"。月山感觉他"过去是不是遇到过什么事情,似乎不太容易聊真心话"。

加藤还对月山开玩笑地说过自己对女生的喜好。他是这么说的:

> 女生全都是2D(二次元),她们再不去3D的世界,年龄就是硬伤了。所以谁给我介绍一个人就好了。我对女孩子的要求是希望她个子小小的,有动画声优的声音,适合穿巫女装。(《周刊朝日》2008年6月27日)

此外,据说加藤在工作的休息时间总在看手机。他会先在"2channel"上看新闻,再把获取的信息变成自己的段子。月山知道加藤在论坛里发帖子的事情,但他说加藤怎么都不告诉他网名,也对自己在用的论坛只字不提。

月山几次被邀请去加藤的公寓做客。关于加藤的房间状

---

[1] 日语原文为"どげんかせんといかん",是宫崎方言,意为"不做些什么不行",是东国原英夫在知事选举和县议会中经常说的一句话,后被媒体时常借用,成了2007年的流行语之一。

态,月山做了如下描述:

> 屋里有配套的电视机、没有叠的被子、一张小茶几,茶几上有一台电脑。房间角落堆积了十多袋垃圾,其中三袋都是烧酒鸡尾酒[1]的空罐子。他不擅长喝啤酒和带苦味的酒,只喝甜口的烧酒鸡尾酒。冰箱里还有两三罐酒。厨房没有电饭煲和任何做饭用的厨具,大概只有烧水用的锅。水槽里放着吃了一半的速食杯面。(《周刊朝日》2008 年 6 月 27 日)

此外,加藤的房间里还有好几个某大型牛肉饭连锁店的空碗。这家店位于他家和裾野站之间。他经常光顾此店,但几乎不在店里吃,都是打包带回家。

秋叶原之旅

2008 年 3 月下旬。
加藤在公司的休息室叫住了月山。

---

[1] 日语原文为"チュウハイ",是"烧酒+汽水威士忌 Highball"的简称,是用含有气泡的饮料将蒸馏酒稀释的低酒精性饮料。

"我打算去秋叶原,一起去吗?"

"我特别想去。"月山这么回复他。然后加藤又招呼了另外两个人,策划了"秋叶原之旅"。

加藤说:

> 我问了他们对秋叶原的什么东西感兴趣,想尽量满足他们的想法,看看怎么逛才最有效率,认真思考后做了一个计划。(2010年7月29日,东京地方法院公判)

加藤决定搭乘高速巴士先去东京,再一路直达秋叶原。他之前也经常搭乘这条路线前往秋叶原。

加藤驱车接上同事,开到御殿场高速入口。之后在那里换乘小田急箱根高速巴士,一路直达新宿。加藤说:"在多条巴士路线中,我最喜欢的就是这条线。"(《周刊朝日》2008年6月27日号)

抵达秋叶原的时间是上午。

同事们惊诧地看着人山人海的秋叶原,加藤却对人潮视而不见,径直带他们去一家又一家商店。

> 有一个人说想去看电脑,我就带他们去了二手商店。另一个人又说想看色色的东西,不论什么都

可以。还有一个人说想深入了解秋叶原，我就带他们去了我知道的几个地方，最后我想着秋叶原的最大特色还是女仆咖啡厅，又带他们去了那里。（2010年7月29日，东京地方法院公判）

加藤对秋叶原的小巷了如指掌，此外，他光顾女仆咖啡厅也是一副熟客模样。在咖啡厅里，加藤直接点了一份蛋包饭，女仆用番茄酱在上面画了装饰图案，对加藤说："我希望你只吃这个。"

与女仆咖啡厅位于同一条小巷的还有一家Cosplay商店，他也带同事去光顾了。他给同事看了一件屁股中间画着大象的男士底裤，把同事逗得很开心。

他们到秋叶原那天是星期日，道路变成了"步行者天堂"。当时，秋叶原有一个自称"泽本明日香"的偶像常常在街头进行露出底裤的夸张表演，一度成为话题。这个女生后来因为违反东京都迷惑防止条例[1]而被逮捕，电视上播出过这条新闻。加藤有这个女生的照片和视频，都保存在手机里，还给同事们看了。他又指着步行街上的某个表演者，告诉大家：

---

[1] 迷惑防止条例，是日本的一系列条例，旨在通过防止对公众造成显著妨扰（迷惑）的暴力性不良行为等，维护居民平稳生活。

"那是个看起来像女人的男人哦。"

四人在秋叶原一直待到傍晚,晚上7点搭上从新宿出发的回程巴士。回程路上,大家都累得睡着了。

4月19日,加藤和同事们一起去了富士国际赛车场[1]。大家一起开赛车,玩得很开心,加藤的速度最快。另一天,加藤又去了平塚玩赛车。

五一假期期间,加藤和月山一起自驾去了青森。月山的祖母住在青森,所以他回青森时搭了加藤的便车。

加藤开的还是从父亲那里借来的白色WagonR,因为他对此前在青森租下的欠租公寓置之不理,从金融机构借的钱也赖着不还。他担心这辆汽车的车牌会暴露自己的行踪,于是想早点把车交还到父母手里。

然而,他没能回到老家。在青森放下月山后,他把车停在市区的购物中心,弃车而去。

他没有和当地的朋友联系,连藤川也没去见。

加藤说:

> 平成19年我想到了自杀,离开了青森,中止了正在偿还的车贷,租下的公寓也弃之不顾,逃一样

---

[1] 富士国际赛车场(富士スピードウェイ、Fuji International Speedway),是坐落于富士山脚下的赛车场,简称"FSW",隶属本田公司。

地搬了出来。我和朋友们的关系很好,我担心给他们添麻烦,所以就不和他们联系了。(2010年7月29日,东京地方法院公判)

当地的朋友们给加藤发了好几次信息,他都收到了,但从来没有回复。他害怕朋友们知道他的行踪后,催债的人会追到现在的公司。

可另一方面,大概5月中旬,加藤主动给"兵库女生"发了信息。

"兵库女生"从3月份开始交往了一个男朋友。加藤得知后十分失落,心想"以后见面就要慎重了"。可加藤后来在论坛里又看到女生发帖子说"都是自己的错,和男友交往得并不顺利",于是他给女生发了信息。那段时间刚好快到"兵库女生"的19岁生日。加藤给她发信息祝她生日快乐,还建议她"和男朋友好好聊一聊"。而且,他还向对方表达了自己仍然对她有好感。加藤对这位女生余情未了。

"兵库女生"回复他说:"十分感谢你的这份心意。"但是,她并没有接受加藤的感情。

几天后,"兵库女生"态度大变,在论坛里分享了她和男朋友十分幸福的状态。加藤对此很恼火,心想:"这是对我的讽刺吗?"

加藤在职场上虽然和同事保持着不错的关系,但稍一有点小事就容易发怒。好在每次都有其他同事调解，没引发大问题。加藤也反省了自己总是"大声表达意见"的毛病。

丑男的人设

加藤一如既往地在"究极"论坛设立版块，不断发帖。和以前一样，他还是写一些不严肃的自嘲段子。

但这时出现了一个人，对他的帖子"像教堂的牧师一样进行说教"。这个人把加藤的段子理解为是真实发生的事件，总给他回帖指教。对加藤而言，这些回帖不过是不会读空气的人跑偏了话题。

于是，加藤嘲笑这个人。为了挪揄对方的说教帖，他给自己设立了一个人设，说自己是"能把世界上的丑陋化为幸福的教堂牧师"。

比如他写过下面这种帖子：

> 没有回报的努力会腐蚀人的心灵。只要改变生存方式，就一定能获得稳稳的幸福。

加藤的"牧师人设"出乎意料地受欢迎。他把这种段子和丑男的段子组合起来，持续发帖。

> 逆袭可以通过努力实现，但交女朋友这件事，努力也没用。颜值在平均水平以下的人交不到女朋友。有工夫找女朋友，不如把努力花在其他事情上。

"牧师人设"确立后，加藤写的大量帖子"无论什么都牵强附会地扯到丑男""不严肃的段子""丑男的段子"。加藤一直觉得"丑男这个关键词容易在论坛里吸引大家的兴趣，也容易成为话题"（2010年7月29日，东京地方法院公判）。他一直想在论坛里得到更多回帖，于是不停地发"丑男的段子"，一旦有人回应，他就给对方回帖，这样就能增加帖子的数量。"在论坛里受欢迎"这件事，支撑着当时他生存的勇气和自尊心。

加藤面对辩护律师提出的"你实际上如何看待自己的外形"这一提问，作了如下回答：

> 如果要问好还是不好，我觉得算是不好吧，但我也不觉得像我在论坛里写的那样，丑到无可奈何的程度。（2010年7月29日，东京地方法院公判）

他说他写的关于"丑男"内容终究是"段子"。不过，也不是所有都属于纯粹的"段子"。他也会把现实中发生的事情进行夸张，把事情发生的原因都引导到"因为是丑男，所以都是我的错"这个方向。

他还说，"为了迎合丑男交不到朋友这个段子，用现实中发生的事情做了替换"。

加藤写过下面的帖子：

一个人唱卡拉OK。在一个五人间。

真实情况是他和同事一共五人去唱卡拉OK。他说："因为我写了丑男交不到朋友，于是就写一个人去唱K。"

在事件发生三周前，5月19日，加藤设立了一个版块，名为"【交不到朋友】丑男没有人权【交不到女朋友】"，还写了下面这条帖子：

颜值【0/100】身高【167】体重【57】年龄【26】皮肤状态【很差】发型【很差】 身材【很差】平时见面的人数【0】平时说话的人数【0】喜欢自己的地方【无】讨厌自己的地方【全部】最近在意的事情【无】绝对不能输给别人的事情【无】

紧接着这个版块里出现了一个人，写下了诸如"不要逃避""和自己坦诚相待"之类带着说教口吻的回帖。第二天这个人又对他说："努力会让人成长。"对此，加藤回复说："没有结果的努力还不如不努力。"另一条说教写着："即便颜值不高，但认真工作又十分开朗的人，也可能很受欢迎！"加藤回复说："是吗，那为什么长得帅的尼特族[1]也能交到女朋友呢？"

连着几天，加藤反复发表消极帖。他把自己人生不顺遂的理由全都归结为"因为是丑男"，也顺带写出了自己的一肚子埋怨。事到如今，已经分不出"段子"和"真实"的区别了。

他把"真实"的现实进行"段子化"处理，但另一方面又把"段子"当作"真实"的现实。这样反反复复对现实做变形，也就模糊了虚实之间的界限。

如果（发表的帖子）全都是虚构的"段子"，就可以只享受"段子"本身的乐趣。把现实和论坛里的投稿区分开，可以像打游戏一样趣味无穷。然而，他从现实延伸，创作了大量的"段子"，以至于"段子"与"真实"一直相互缠绕，密不可分。

此外，他还十分重视用"段子"连接起来的与他人之间

---

[1] 尼特族（英语：NEET，全称 Not in Education, Employment or Training），是指不就学、不就业、不进修或不参加就业辅导的年轻人。

的"真实"交往。于他而言，人们对"段子"的评价就是对"真实"的自己的认可。

所以，一旦没有收到回帖，他"真实"的落寞就会加剧。当他的帖子没有得到其他人的反馈时，为了吸引回帖，他会对投稿做更为夸张的处理。

——为了使自己受欢迎，为了获得充实感，他用力地写帖子。要是写出来的帖子没有被大家喜欢，失落埋藏在心，下一次就写得更用力。

加藤陷入了一个没有出口的循环。他对论坛的依赖越来越深，这也加剧了他一直以来"没有被满足需求的感受"，以及怀才不遇的失落。用"真实的段子化"带来了"段子的真实化"，这让现实中的自己十分苦闷。

加藤在这段时间并没有使用自己之前的网名。如果他继续用"黑之子"的名字发帖，有可能被"群马女性"等人指明身份，于是他成了"无名氏"。所以唯一能接收他的帖子，而且有相应数量的用户给出回应的论坛，只有"究极"。在现实世界，即使辞职也还能在其他地方重新建立人际关系，而在手机网站的论坛里，能包容他人设的地方别无二处。对加藤而言，"究极"这个网络空间成了不可取代的栖身之处，能满足自己希望被认可的需求。

加藤认为，"即便没有网名，也要下功夫把自己和别人区分开"。他结合之前的"牧师人设",常常使用敬语表达[1],于是一直浏览这个论坛的用户很容易就区分出了不一样的"他"。加藤在网上其实一直没有舍弃一个强烈的渴求,即希望自己是"特别的存在"。持续输出"段子"来获得对"真实"的自己的认可,是支撑他活下去的重要因素。

他主动放弃了好几份工作,但他能适应在不同的地方交到新朋友,所以现实生活里的人际关系和地点对加藤而言是可以替换的。他有一定的社交能力,对新环境也有较强的适应能力,正因如此,他才觉得眼前的现实可以被替换,也随时有重启的可能。

然而,"究极"等论坛却是无法取代的存在。毕竟他的"扰乱行为"和"不严肃发言"带来了独特人设,能包容现实之外的他的空间太狭窄了。换句话说,能理解他的"段子",并认为他有趣的团体仅局限在极小的空间。

家庭分崩离析,自己远走他乡,和老家的伙伴失去联系,对加藤而言,他已经没有现实中的"回归之处"。回到青森只有追债的人在等着他。租的公寓被弃之不顾,就业艰难,也无法回到父母身边。当下的状况已经和之前大相径庭。

加藤用"飞走"一词来形容自己从职场的突然消失。他

---

[1] 日语原文为"です・ます",是日语中敬语形式的句尾表达方式,一般用于较正式的场合或者不太熟悉的人之间。

曾对关东汽车工厂的同事明确说过："反正我早晚都会逃得无影无踪。"其实在上尾也好，筑波也好，青森也好，他一直在逃跑。或许，他想的是："厌倦的话逃走就行了""只要找到下一份工作，怎么都有办法"。

可替代的现实，与不可替代的网络。

他的世界完全颠倒了。

次贷危机与派遣终止

5月27日，事件发生12天前。加藤这一周上的是夜班。工作时间调整为下午4点05分到深夜12点40分。他的作息也变成了上午睡觉，下午上班。

傍晚，正要去工作现场的加藤被上司叫住。很突然地，上司给了他一份解雇通知书。公司里一共有200位派遣员工，计划裁员150人，加藤也名列其中。

但这不是说明天不用来上班。具体的裁员时间还未确定，上司只是说大概6月中旬开始解雇。加藤随后把这件事写进了帖子里：

> 我，6月要被炒鱿鱼了。接下来去哪里呢？有好的街区推荐吗？（中略）

生产活动大幅缩减，可能哪里都不需要派遣员工了吧。

同事月山问加藤："怎么办？"加藤一副无所谓的表情，回答说："总有办法的吧。"

2008年5月，正是雷曼危机[1]爆发的3个多月前。前一年8月，美国的次贷危机已经浮出水面，愈演愈烈。人们对于世界金融发生危机的担心也日益加剧。美国市场已经失去活力，房地产泡沫几近破裂。

汽车行业也面临着美国经济形势衰退的冲击。日本各大汽车工厂都减少了出口汽车数量，被迫进行生产调整。本就属于弱势群体的派遣员工，自然会受到这波浪潮的冲击。

加藤上完夜班回家后，在论坛里写了这样一条：

换了几次工作，搬了几次家，但这还是第一次不是我主动跳槽和搬家。之前换工作我都心怀希望，但这次完全是被赶出来。不工作的话连住的地方都没有。

---

[1]2008年，美国第四大投资银行雷曼兄弟由于投资失利，在谈判收购失败后宣布申请破产保护，引发了全球金融海啸，也被称为雷曼事件。

5月28日。

日研总业派来的派遣员工全都被叫去了公司食堂。公司宣布，下个月月末将解雇派遣员工，但同时答应大家，会给有意愿的员工介绍其他工厂的工作，还公布了可选择的工厂名单。

加藤选择了距离关东汽车很近的工厂。他说："我和厂里同事的关系还不错，希望能继续保持和他们的关系。"他在写了合同终止日期的文件上按了手印，回到了工作现场。

他说：

> 虽然我打算做到最后一刻，但公司的处理方式让我很不愉快，有种不被信任的感觉，或者说被看不起。（2010年7月29日，东京地方法院公判）

不过，加藤并没有对解雇通知表现出愤怒。他只是"有点困惑地想了想"，但"没有多么不满"（2010年8月3日，东京地方法院公判）。

——只要在下一个地方交到朋友就行了。

加藤可能是这么想的。他的态度，出人意料地沉着冷静。

"从今天开始我和版主是朋友"

5月29日,事件发生10天前。

加藤下了夜班到家,从深夜到凌晨,他一直沉湎于论坛发帖。"如果版主给自己评定价值,大概是多少呢?"面对这个提问,加藤回答:"没有价值。我比垃圾还差劲。垃圾还有可回收的部分,垃圾都比我强。"这是他一贯的消极说话方式。

凌晨4点15分。

加藤收到了一份出乎意料的回帖,来自一名年轻女性。

> 直截了当地说,我以前非常讨厌版主。感觉版主对什么事情都持否定态度。其实我也否定这样的版主,不过,每天在这个版块看着看着,我开始认为,有版主这样的人也挺好的。不开玩笑,我很想和你交朋友哦。

加藤已经很久没有收到来自女性的肯定回帖了。而且这个女孩还觉得加藤"这样的人挺好",还说"不开玩笑,我很想和你交朋友哦"。

但加藤的回复保持了自己的人设,把姿态放得很低。

> 收到你的帖子真的很开心,但你和我交朋友对你来说没有任何好处哦。

对这句带着自嘲的回复,女孩回帖说:"那从今天开始我和版主就是朋友啦。"

加藤坦诚地写了一句:"那就请多多关照。"还附带了一句自嘲,"以前也有人这样和我聊天,他们后来去哪了呢?"

即便如此,女孩也没有放弃加藤。她把网名修改为"朋友",并温柔地说:

> 话——说,版主今天下班啦?

"是的,下班了。"加藤回答。女孩很快又发来信息。

> 辛苦了(星星符号)[1]
> 烧酒鸡尾酒里,我最喜欢桃子味了
> 版主喝桃子味吗?

---

[1] 原文如此。

加藤一直和这个女孩聊天。中间有其他人加入帖子的话，加藤会用他平时的人设作出回答。不过，这期间出现了模仿加藤发帖语气的冒牌货。加藤一边牵制着冒牌货，一边和女孩继续聊天。他完全不想错过这个对话。

直到女孩退出论坛，加藤才躺在床上，为傍晚上班储备体力。

中午，加藤睁开眼睛，又到论坛回帖。这一次，他写了下面这段话：

> 我不是想要爱情，也不是想被谁爱。
> 只是想，毫不保留地，爱着某个人……
> 我想要我在爱着的证据。

加藤一直都在写卑微不正经的帖子，这次一反常态写了十分直白的话。毫无疑问是给那位已经成为"朋友"的女孩看的。他大概在期待，女孩打开论坛的一瞬间就能看到这条帖子。

——或许，她是那个能接受自己真心话的人，是那个能珍视自己的人，也是那个对他而言独一无二的人。

加藤久违地涌起了希望。

"烦死了。想杀掉所有人"

然而,加藤的想法很快就被打碎了。

上完夜班回到家里,加藤像往常一样在论坛写帖子。紧接着,昨天的那个女孩又进入了加藤的版块。

> 版主晚上好。
> 我是中学毕业,前男友也都是不良少年或者手艺人。
> 但我现在正在和一个大学毕业的超认真的上班族交往。
> 人生真的不知道会发生什么变化。我是说好的方面。
> 我觉得版主肯定也会有很好的另一半。

原来她有男朋友。但前几天她没说这一点。心怀淡淡期待的加藤,在这一刻心碎了。

总是能瞬间回帖的他,这次花了些时间。

大概两个半小时后,他写了下面这一条:

> 晚上好。

果然女生很在乎学历吧。

看来三流短期大学毕业的我没什么机会了。

从这里开始,女孩和加藤一直在聊天。但不同于前几天的态度,加藤对这位女孩产生了执念,后来还生了气。

女孩:"我不是看学历才交了现在的男朋友,只是他恰好是大学毕业。如果看学历的话,我就不会和不良少年还有手艺人交往了。现在的男朋友是第一个有本科学历的。"

加藤:"手艺人和不良少年本来就很受欢迎吧。按你这个说法,你是不是想对我说'那版主也去做手艺人或者不良少年就行了'?"

女孩:"版主现在的年龄做不良少年有点难了w[1]。不过话说版主想做哪种风格的不良少年呢?"

加藤:"找学弟商量服装搭配时,如果他们问我'想要什么风格',我会很为难。

我什么都不懂,随便穿什么都行。究竟怎样才能对时尚产生兴趣呢?其实注意自己的服装搭配,

---

[1] 原文如此。

是生而为人要做的最低限度的事情吧。"

女孩:"只要想着在异性当中受欢迎就会对时尚有兴趣了吧?会想,穿上自己想穿的衣服就好了呢。但是,自己想穿的衣服不一定是适合自己的衣服,不过对这一点的在意可以放在更后面的时候。"

加藤:"也就是说,你是在否定我'想要女朋友'这个想法本身吧。对衣服和鞋子都没有兴趣的人没有资格谈恋爱对吧。衣服这种东西只要有的穿不就行了。""衣服、衣服、衣服、衣服,全都在说衣服。为什么你们这么在意服装?我只是想交女朋友,所以我对衣服没兴趣就显得奇怪吗?""烦死了。为什么,我真的烦死了。"

加藤的发言俨然不是"段子"了。一直以来他都以"丑男的人设"游刃有余地与人互动,但这一天,他在一来一回的互动中异常暴躁。话中带刺,渐渐变成言语攻击。

女孩:"我没有在否定你哦。和你解释起来好难哦……"

加藤:"你这么喜欢衣服的话,不如直接和衣服交往啊。"

女孩:"但是,版主应该有一丢丢'想在异性眼里养眼'的念头吧？"

加藤："有。"

女孩："版主果然有这样子的想法呢。大家一般都是从这时候开始在意自己的服装搭配的哦。"

加藤："丑男如我，只要搭配好服装就能交到女朋友吗？""我理解不了。不过我暂且明白了，不修边幅就交不到女朋友。也就是说，我明白了现在的我无论如何都交不到女朋友。""我不懂。烦死了。想杀掉所有人。"

女孩："不是只在意服装就能交到女朋友的哦。我是说，重视自己的形象是为找女朋友做准备。为什么版主希望在异性眼里养眼，却不付出实际行动呢？"

加藤："大家都说内涵，内涵，无非是漂亮话而已，最后不还是用外形来评价一个人？""我其实并没有多想要女朋友。我这么写你能明白吗？"

女孩："不明白。因为版主说过你想要女朋友。如果你没想改变自己，不必勉强自己转型哦。或许有人会觉得现在这样的版主就很好。"

可无论女孩对他说了什么，加藤都从头到尾地作出否定的攻击性回应。他的烦躁一度抵达极限，以至于写出"想杀掉所有人"这种话。然而，他的愤怒和郁闷还远没有结束。

最终，女孩离开了加藤的版块。

此时，时间刚过早上 6 点半。

被遗弃在论坛的加藤感觉被疏远层层裹挟，无法抑制住他此时的兴奋与愤怒。

再不睡就不行了，但很烦，烦得好像睡不着了。

紧接着一位"无名氏"发来回帖："丑男也会焦躁啊。"

加藤气坏了。

好像有什么东西坏掉了。杀死我的人就是你。

加藤有种"被杀死"的感觉。这时的论坛里，有专门来揶揄他的捣乱帖，假冒他的冒充帖同样层出不穷。恶意满满的言论接连不断。

冒充者

5 月 30 日上完夜班，加藤回到家。31 日凌晨 5 点多，他发了帖子：

大家都去死吧。

徒有其表的朋友。

口头上的朋友。其实都是陌生人。

你们都是敌人。

我想要朋友。

我想要真正的朋友。

这段时间,他的版块基本处于荒置状态。有满口污言秽语,对加藤说"去死吧"的辱骂帖;也有不断发空行,让加藤的版块看起来很凌乱的捣乱帖;更有干脆假冒加藤的冒充帖。

其实写出和加藤的帖子相似的内容并不难。只要用上敬语表达,再结合"全都是丑男的错"这个脉络,就能迅速进入加藤建立的人设。

加藤对冒充者的出现做了如下表述:

"我"在论坛里不存在了。"我"和"我"以外的界限变得模糊不清了。(2010年7月29日,东京地方法院公判)

于加藤而言,"究极"论坛是不可取代的栖身之处。他在这里接连不断地创作"段子",被大家喜欢,既确认了自己的不可替代，也满足了被认可的需求。

但是，冒充者却用和加藤完全相同的口吻发帖，连和他相熟的访客伙伴都分不清他本人和冒充者了，还开始给冒充者的帖子回帖。

加藤感觉自己的存在开始"溶解"。

在网络空间里"戴着人设面具的自己"是很脆弱的存在，一直以为是不可被取代的自己，却轻易就被别人冒充了。随着冒充者的出场，自己之所以是"自己"的证据消失了。他的身份被瓦解了。

对于这种状态，加藤做了如下表述：

> 这种感觉就好像回到家里后，发现家里有一个和自己一模一样的人在冒充自己生活。家里人对此并没有察觉。当我回家后，家人反而会把我当作冒充者对待。（2010年7月29日，东京地方法院公判）

加藤给"究极"的管理员不断发信息，请求他对"冒充者"作出禁止回帖的处理。然而，管理员没有答应他的请求。加藤感觉自己"被无视了"。

他是这样形容当时的感受的：

> 他明明都回应了其他人，为什么只针对我呢？

我快要暴怒了。（2010年7月29日，东京地方法院公判）

冒充者越来越多。到最后，究竟谁是本人，谁是冒充者，究竟有多少人在冒充，连论坛里的常客也分不清楚了。

——"版主？假货？""什么鬼？版主到底是谁？""版主怎么了？终于发疯了吗？"

大家也混乱了。

加藤对冒牌货发出警告。他发帖说自己已经报警，奉劝冒充者尽早收手。

我报警后，警察告诉我，情况不紧急的话不要乱打110。

但是我很紧急啊。

我恨不得他们现在立即处理。

但是，冒牌货的帖子并没有销声匿迹。

加藤强化了自己的语气，对冒充者发起攻击。可这么一来，连被他视为伙伴的常客成员也回帖说："这个人不是版主吧？版主的帖子不会这么杂乱。"他们还写："假货快消失吧。"这一次，大家把加藤本人误会成冒牌货了。

最终，本人成了冒充者，冒充者成了本人。两者被轻易替换，有时也被同化。局外人已经看不出有什么区别了。

如此，我是"我自己"的证据又是什么呢？论坛里交织着虚拟和现实，我是"我自己"又意味着什么呢？或者说，执着于这件事本身有意义吗？

加藤的"自我认同"瓦解了。

"自我认同"中的自我不见了。我可以与另一个"我"替换。那我又是谁呢？我和"我"又有什么区别呢？对论坛里的常客而言，把我和"我"区分开有意义吗？如果"段子"才重要的话，我也好，"我"也罢，都无所谓不是吗？所以，我是"我自己"的必要性也就不复存在了吗？

自杀的念头一晃而过。

——不能阻止冒牌货的行为，那我就自杀。如果我自杀了，全都是你们的责任！

他输入了这一条信息，提到了自己要去死。其实也是对"冒充者"发出的威胁信号，希望对方能停手。

可即便如此，冒充者的帖子仍不断地发出来。

大家都想陷害我。

欺负弱者有这么快乐吗？

应该很快乐吧。

版块被冒充者的胡作非为搞得一团乱，用户渐渐离开了这里。

加藤陷入了孤独。而此时,"冒充者"也不见踪影。在一片荒芜的论坛里,加藤孤身一人留了下来。

> 假装和我关系很好,其实都是随时说"再见"的人。

最终,他在这一天失眠了。

前往秋叶原

5月31日,事件发生8天前。天亮了。这天是星期六。公司休息。

上午8点。

加藤不顾自己上夜班到凌晨,一刻不睡地赶去东京。他和之前一样搭乘高速巴士。上午10点左右,加藤抵达新宿,乘山手线去了上野。

加藤此时在考虑买一把刀。

> 具体的我记不清楚了,但考虑到要引发行凶杀人事件,就得去买一把行凶需要的刀……可能,我

没找到合法的手段吧，当时只想到了作案这种引起关注的方法……我想着，在论坛里编一个帖子，按照我编的事件去做就行。（2010年7月29日，东京地方法院公判）

不过，加藤在这个时间点并没有真的想引发事件。他主张说，他只是想通过"引发行凶杀人事件"来引起关注，从而对"冒充者"发出警告。

　　辩护律师："你是决定好要引发行凶杀人事件了吗？"
　　被告："不是这样的，我也想过不引发（事件）的方法。"

加藤在上野买了鞋，随后前往秋叶原。
他去了秋叶原一家"曾在车站广告上见过的店"。第二天他在论坛里发帖子说："我去武器店看了，还真是卖武器的啊。"

秋叶原这家"武器店"是贩卖仿造武器和防守武器的专卖店，在动漫迷当中十分出名。加藤在6月8日事件发生当天，把自己的所属物品（漫画和CD、游戏等）当作礼物送给了同事月山，而当时装着电脑游戏的袋子正是"武器店"的袋子。

虽然无法断言此时的加藤到底有何想法，但他肯定在这家店里买了些东西。不过，他并没有在这里找到他想要的刀具。

他说当时的自己"某处开关变了"。他也在论坛里写了如下帖子：

> 我去了远一点的地方，经过了秋叶原。
> 买了一张若本讲的杂学 CD。

他买的 CD 应该是《若本规夫的杂学语录 100-vol.1》（有限公司 DEARS，2008 年）。若本规夫是动漫声优和电视台的旁白配音员，是十分活跃的公众人物，这张 CD 收录了若本讲述的 100 条杂学知识。

——"邮箱地址里的 @ 符号，原本就来自商业用语吗？""摩周湖[1]在法律上是水塘……"

书里收录了 100 条类似的杂学和典故。

或许，加藤希望把 CD 里学到的杂学知识，当作论坛里可以发的"段子"来用。他想让那些离开了论坛的伙伴再次回来，于是先入手了能实现这一愿望的路径。

加藤没有购买"凶器"，而是买了"段子"。他想让论

---

[1] 摩周湖，是位于日本北海道东部川上郡弟子屈町的一个火山湖，以清澈见底而知名。

坛恢复到之前的状态,他也能重新恢复成"被认可的共同体"。

然而,论坛并没有恢复如初。

加藤从秋叶原去了东京站,乘坐新干线前往三岛站。他在车上发了帖子说"马上就到树海[1]了",这是想自杀的信号。

没有人回应他。

被孤独感深深包围,加藤写了如下这段话:

> 从始至终都是伪君子。
> 不仅在现实,我在网络上也被人伤害。
> 没办法。因为我就是不讨人喜欢的家伙……
> 一无是处的人只有离开。

依旧没有任何回应。

"我对还抱有期待的自己很烦躁"

第二天(6月1日),星期日。

---

[1] 指青木原树海,位于日本富士山脚,是个景色宜人的天然林场。但它最出名的地方却不是景致之美,而是因为许多有自杀念头的人都选择在这里结束自己的生命,故有"自杀森林"之称。

加藤在凌晨5点发了下面这条内容：

> 是啊是啊，今天是星期天，要是来一场震级M8的大地震就好了。

等到7点多的时候，他又发了一条内容，让人联想到行凶杀人事件。

> 要是杀人合法就好了。

大家的反应依旧淡薄。这加剧了他的孤独。被他视为"栖身之处"的论坛，不见一个伙伴的踪影。来访问他版块的只有"冒充者"和"捣乱者"罢了。

第二天，"冒充者"也抽身离去。而加藤却想去挽留："别走。"有"无名氏"见到这一幕，煽风点火地说："看来，版主还嫌捣乱的回帖不够乱啊。"

不如说，哪怕是"冒充者"或"捣乱者"的回应，都比没有回应要好。加藤难以承受的是无论他写下什么"段子"，大家都不回帖；无论他写下多么过激的内容，也无人理睬。这等于封锁了他唯一得到认可的渠道。

然而，"冒充者"和"捣乱者"也离开了论坛。

6月3日，事件发生5天前，星期二。在加藤的版块里发帖的只剩下他自己了。他带着绝望的心情继续写下：

> 很烦躁。
> 我对还抱有期待的自己很烦躁。
> 明明怎么都交不到女朋友。

他总是抱有期待，期待着有某个人出现，接纳他，满足他的自尊心。

他想要别人的回帖，无论如何都想要，尤其是来自女性的回应。他想要一个能理解自己、认可自己的女朋友。

他无法在现实中表达自己的烦恼和脆弱，也始终无法把压抑在心里的想法传递出去。坦诚地展露内心这件事，他做不到。

他从孩提时期就如此。小学毕业纪念册里，他对自己的性格总是有着完全没有必要的负面评价。中学毕业纪念册也是一样。高中时，他把自己的想法寄托在绫波丽身上。

这种被压抑的感情，在与手机网站论坛相遇的一刻被瞬间释放。他在论坛舍弃了"场面话"，可以尽情写"真心话段子"。虽然绝大多数人都会绕开加藤有些奇怪的"真心话"，但也有理解他的伙伴。哪怕说出不严肃的"真心话"，也有人觉得这很有趣。这让他很开心，是真的开心。所以他把这里视为"栖身之处"。

在论坛里给自己肯定回复的人，加藤以为也能向对方吐露自己心里积郁的烦恼和苦闷。如果线下能见面，他还能痛痛快快地哭一场。他希望对方能认可这样表露真心的自己。

然而有一个人，即使在现实世界，他也能向对方袒露自己的内心。这个人就是青森的藤川。不知为何，只有在藤川面前，加藤才会说出自己的真心话，连自己在论坛的事情也能和盘托出。他主动邀请藤川加入 Mixi，希望藤川能看到网络上的自己。

只是，加藤最后背叛了藤川，从青森逃走了。他放弃了已经转为正式员工的工作，欠了一屁股债，赖着公寓的房租不交。家庭分崩离析，老家也回不去，即便那里有交往了很多年的好朋友。

另一方面，他即便在网上得到了别人的认可，却怎么也交不到爱着真实自己的女生。虽然"兵库女生"一直在网上拥护他，认可他，但在现实世界里，他还是被对方"甩掉"了。他和"群马女性"的关系也变得不是很愉快。今后也不会再见面。他和"兵库女生"之间应该也不会再有回转的机会。

在这期间，他恰好久违地收到了来自其他女性的回帖。对方面对加藤写的消极帖，说"有版主这样的人挺好的"，还对加藤说"想和你交朋友哦"。加藤内心雀跃，对此产生了"期待"。

然而，这个女孩竟然有一个正在交往的男朋友。

加藤大为光火，心烦意乱。所以，他不依不饶地缠着这个女孩，越发烦躁。女孩最后自然放弃沟通，转身离开。

接着，在一旁观望着他的局外人，即"冒充者"出现了。他的帖子风格被局外人不断模仿，连论坛里的常客也找不到"他"的存在。大家分不清谁是"他"，谁是"冒牌货"。他的自我认同瓦解了。他的不可替代性也被夺走了。

——现实世界中，他无法说出真心话，无处可归。如今，在可以说真心话的网上，他的身份也被盗取了。

最终，他的版块里一个人也没有了。无论他写多少内容，都没有回应。

他的烦躁在不断升级。

"隔着手机屏幕也应该有朋友的，但是……"

6月3日早晨，加藤去巴士站准备搭乘通勤班车上班，一位穿着公司领导服装的人从巴士站走了过来，轻描淡写说了句"你被留下来了"，向加藤传达了"解雇延期"的消息。

加藤因为良好的工作态度得到好评，因此被公司排除出"派遣终止"的名单。可加藤听到这个通知，并不感到特别高兴，反倒觉得"自己被当成一个零件那样对待，真的很火大"（2010年8月4日，东京地方法院公判）。

6月5日清晨,他才把"解雇推迟"的事写在论坛里。对加藤而言,合同被延期不是什么好事,只不过是要解决的问题被延后而已。他的不安和焦躁并没有消失。

这一周加藤上白班,下午3点多就下了班。下班后,他没有立即回家,而是搭乘和回家方向相反的电车去了御殿场。他在车站附近的理发店剪了头发,还去了书店。

加藤买了一本杂志。

——《月刊 Arms MAGAZINE》。

这是专门介绍玩具枪和迷彩服的杂志,核心读者是模型枪的资深爱好者。加藤以前很喜欢玩真人CS,也一直对这本杂志感兴趣。他当时还想邀请志同道合的月山一起去打真人CS。

傍晚时分,他回了家。从最近的裾野车站回家的路上,能顺路去的只有便利店和牛肉饭连锁店。这两家店都是日本随处可见的全国连锁店。要是想顺道去一家喝东西或是日式喫茶店、咖啡店之类的地方,完全无处可去。公司员工和当地居民没有任何交流,和当地社区或者公司社团也完全隔绝。派遣人员和当地社区之间更是没有丝毫可以接触的机会。大家完全不知道自己旁边住的是谁。公司里同一个工作现场的同事算是唯一和加藤有来往的人。对加藤来说,他在公司只有"纵向"和"横向"的人际关系。

打开玄关处的锁,走进房间,脱掉鞋。

对空无一人的房间试着说一句,我回来了。
只有落寞。

加藤打开回家路上买的便当,夹了一块鸡肉,"硬得咬不动",里面还放了两块香菇。

没有比一个人吃饭更落寞的事了。
不如说,一个人就是落寞。

和往常一样,除了自己以外的其他帖子为零。不会再有人来了。即便写之前一直有回应的"丑男段子",也不会有回应了。明明才傍晚6点。大家明明还没有睡觉。大家也肯定在哪里挂着论坛。

房间太空旷了。
一个人的话,3榻榻米就够了。
房间的2/3面积都没有用到。
寂寞才如此显眼。
只有手机的按键声在房间里落寞地回响着。
把灯打开吧。
房间是亮的,心情却很灰暗。
隔着手机屏幕也应该有朋友的,但是……

因为管理员没有处理冒牌货，现在一个人也没有了。

大家都在躲着我。

加藤喝了酒。身体变得晕乎乎的。他冲了凉。洗完澡又去论坛看了一眼。还是没有回应。他也用GREE[1]这个社交平台，也去那里瞄了一眼，好像有人来访问过的"足迹"。他觉得"这是好事"。

时间已经是深夜12点多了。他困了。但不知为何，他很快又醒了。他感觉自己"似乎得了什么病"。

烦躁得睡不着。

一个人睡觉的寂寞，你们这群家伙应该不知道是什么滋味吧。

非常不安的感觉，你们这群家伙也不懂吧。

赢家都去死吧。

---

[1]GREE，是日本著名的社交网站，在日本16—30岁的年轻人中享有很高人气，拥有庞大的手机用户群体，是一家几乎完全基于移动互联网的社交网站。

加藤再次提到了"引发事件"。在法庭上，他主张自己"无差别杀人的理由"是对"冒充者"发出警告，但事实上，至少在案发5天前的这个时间点，"冒充者"已经消失了。

对加藤而言，被论坛里的常客继续无视，才是最大的问题。无论写多少帖子都毫无回应，也没有任何人来给他回帖。这种状态让他愤懑，也让他感觉"极度不安"。

倒不如说，他已经不能像之前那样在论坛里交朋友，把论坛当作"栖身之处"和"回归之处"了。在他自己的版块里，完全没有其他人的帖子。

当初，他为了向"冒充者"发出警告，提到了"引发事件"。但他说的"事件"终究是个"段子"罢了，目的是想踢走"冒充者"。

可他非但没有达成"踢走冒充者"这个目标，反而导致"版块常客的丢失"。他和"冒充者"的相互中伤，最终致使版块被荒废，伙伴们敬而远之。

版块成了加藤唱独角戏的地方。没有任何人来回帖，连着好几天都只有加藤自己的帖子一条接一条。1天100多条的帖子，塞满了加藤写的内容。

对"事件"的想象力

为了得到"某些人"的回应,加藤开始提及"事件"。他试图引起论坛访客的关注,于是婉转地表达了"引发事件"的意思就是要做某件事。

> 如果我引发某个事件的话,大家就会说"不会是那家伙吧"。
> 如果有某个家伙评论说"我就知道他早晚会这么干",那这个家伙可能就是能理解我的人。

他还写了如下内容:

> 必须要买寒蝉和 GTA 了。

这里说的"寒蝉"是游戏《寒蝉鸣泣之时》[1],里面包含出场人物手持刀具刺杀人的画面。"GTA"是游戏 Grand

---

[1]《寒蝉鸣泣之时》(日语:ひぐらしのなく頃に),是日本同人社团 07th Expansion 制作的文字冒险同人游戏。作品是以昭和 58 年(1983)之虚构村庄"雏见泽村"为舞台,并以该村之古老习俗"绵流祭"(わたながし)为轴所引起的一连串连续死亡事件为题材之电子小说。

Theft Auto，其内容是帮派成员服从老大发出的指示，实行犯罪活动。同时喜欢这两部游戏的话，很容易让人联想到"杀人"或者"犯罪"的主题。

需要再次强调的是，在这个时间点，"冒充者"几乎从加藤的版块里销声匿迹了。于他而言，问题在于大家没有回应。他在论坛里被完全孤立了，无论发多少帖子也得不到大家的回应。他无法忍受这种孤独。

如果写一些极端的事情，应该就有回帖了。如果能吸引大家的关注，就可以期待有人回应了。

——这个想法，开始在加藤心里盘旋。

加藤写下"寒蝉"和"GTA"这种容易联想到"案件"和"犯罪"的游戏名称，还是希望能得到回应，希望得到和自己有相同爱好和价值观的人的回应。

然而，依旧没有。

加藤在口供记录里做了如下陈述：

> 我自己也知道引发事件不好，也产生过不这么做的念头。我把自己做准备的情况、内心的感受都写在论坛里了，希望有人能阻止我。因为要是写犯罪预告会被逮捕，虽然我还没有写到犯罪预告那一步，但我已经把自己真实的心情写出来了。只是，没有人来阻止。

他凌晨2点睡觉,凌晨5点半左右就起床。一睁眼,加藤立即打开手机上论坛确认信息。然而,在这期间也没有任何新帖。

一开始不过是"段子"的"事件",在具体想象的加持下,已经变成了"真实"的事情。他心里产生了"作案的意愿"。

事件发生4天前,6月4日,星期三。

加藤睡醒后,突然开始写自己孩提时期的回忆。

> 很突然地想起了读小学的时候。
>
> 据说每个人的人生都有三次高光时期,我的高光时期就是小学四年级、五年级、六年级吧。
>
> 仔细想想就能明白了。父母帮我写的作文拿了奖,父母帮我画的画拿了奖,被父母逼着学习所以成绩优异。读小学的时候,我靠颜值之外的要素迎来了高光。但那并不是我自己的能力。
>
> 父母想向身边的人炫耀自己的儿子,所以努力做得完美。我写的作文全都有父母检阅的痕迹。
>
> 读中学后,父母的能力跟不上了,他们放弃了我,转而对优秀的弟弟投入所有精力。
>
> 中学不过是靠小学的"老本"继续名列前茅。从中学开始学的英语成绩十分糟糕,但被其他科目掩盖过去了。

当然，我还是考上了县里数一数二的名校，那之后就一直垫底。高中毕业后的八年，是一直失败的人生。

说到底，错的人终究是我自己。

这份回忆虽然多少有夸大的成分，但几乎还原了事实。加藤发的帖子，既不是"段子"也不是其他什么，都是涉及自己的"真实"经历。

他照常上班，按时下班。回家路上也和平常一样顺便去便利店买一份已经吃腻的便当。

到家吃便当前，他写了下面这条内容：

> 我想到了在土浦捅了几个人的家伙。

"土浦连续杀人事件"是当年3月发生的一起案件。凶手在常磐线荒川冲站连续捅了数人，最终造成2人死亡，7人重伤。加藤提及，他"想到了"这起无差别杀人案件。

只是，即便在这个时间点，他想作案的意愿恐怕还没有以某种明确的形式确定下来。或许，他只是模糊地构想了引发事件的场景。

剩下的，就是等待他决定扣动扳机的时刻了。"子弹"已经处于随时可以射出的状态。

第五章
前往步行者天堂

"差不多是极限了"

2008年6月5日,事件发生3天前。

和平时一样,加藤一早就在论坛发帖。但依旧没有任何人回帖。

这天倒是有"冒充者"在版块里发帖,虽然零零星星数量很少。加藤给管理员发了信息,请求他对"冒充者"作出相应的处理。但管理员依旧没有回复他。

> 管理员应该已经起床了吧。起来了还这么无视我。
> 我要是个女孩子,管理员肯定就会护着我了吧。

加藤对管理员没有搭理他这件事十分愤懑。他心想,每个家伙都不把我放在眼里!都无视我的存在!

> 而且论坛里一个人都没有了。
> 我写了帖子,也一直这样。
> 这个问题不是我努力就能解决的。

无论他怎么做,大家都不回帖。写"丑男的段子"不行。写"不严肃的段子"也不行。写自己身体不舒服也没有人来关心一句。写黄色段子大家也没有反应。写让人联想到行凶杀人事件的内容都没人理他。只有烦躁的情绪从早上开始不断升级。

加藤开始写职场的事情。

> 啊,说起来,我的解雇被推迟了。
> 倒不是公司有多需要我,无非是还没有新人来接替,就先推迟了我的解雇吧。
> 烦死了——一群垃圾。

加藤觉得公司把自己当作可替换的存在来对待,他把对此的不满写了出来。作为一名派遣劳动者,他被轻易告知解雇,转瞬又被告知解雇延迟。他觉得"公司处理自己就像处理一件工具"。

不过,即便解雇被延迟,他也没有感觉到公司有多需要自己。加藤负责的工作谁都能胜任,所以不存在非他不可的理由。他可以随时被替换掉。无论在哪里他都可以被替换掉。他感受不到一丝一毫自己的"不可替代性"。

因此,加藤认为现实世界也是可以被替换的。工作什么的,做得烦了,辞职就好。只要某一天突然撂下一句"我走了",便可以跑得远远的。反正现实世界中已经没有可以回去的地方,现实中的人际关系只要重新建立就行了。

加藤又觉得差不多是时候该逃走了。放弃工作,去新的环境里找到安身之处吧。眼前的状况已经是自己的极限了。

> 环境发生变化后,适应环境要做很多很多的事情,暂时不考虑"想交女朋友"这件事了。
> 一直以来我都是这样承受过来的。已经在这里半年了,差不多是极限了。
> 这次有点努力过头了。必须尽早重启生活。
> 反正无论在哪里我都是孤身一人。

然而,情况在不断恶化。即便想重启职场之路,但谁也无法保证他能立即找到下一份工作。全世界的经济都在朝着不好的方向发展。而且,他的年龄也一年年增长,"年纪越来越大,愿意用我的地方在不断减少"。

加藤也被现实世界逼入了困境。

抛弃故乡的后果太严重,如今也不可能再去联系老家的朋友。当初从青森消失时,心里有点背叛他们的感觉,现在已经没有脸面再见他们了。加上还有贷款没还,万一被金融机构追债就太可怕了。也不知道欠钱和拖欠公寓房租的事情有没有给老家的朋友添麻烦。加藤惶恐不安。

以前每次遇到麻烦时,他都会投奔在仙台的泽口,现在也不方便去了。泽口是他在青森时的朋友。只要去了泽口家,就不得不联系其他老家的朋友。这肯定不行。

接连不断的坏事朝他涌来,逼迫他不负责任地想放弃现实。现实世界,他没有了"栖身之处",也没有可以暂时躲避起来的安身角落,甚至连暂时睡一觉的车也没有,手里的钱也不多了。

加藤心想:

> 如果有女朋友,就没有必要辞职了;如果有女朋友,就不必把车卖掉了;如果有女朋友,我肯定会好好还车贷;如果有女朋友,我就不会连夜逃跑了。没有女朋友这件事,毁掉了我的人生。一切都越来越糟糕。

那,交到女朋友就能解决问题了吗?

没这么简单。即便交了女朋友,眼前的状况还是有很多为难之处。欠了钱,没了朋友,手头不宽裕,工作也不稳定。

何况还没有车。

> 想要女朋友,但交到了也很难办。这是什么破矛盾啊。
> 到底怎么做才好呀。

加藤走投无路。他看不到未来的希望,也看不到出口。只有焦躁在不断膨胀。

"工装不见了"

怀揣郁闷沉重的心情,加藤搭乘班车去了公司。

早上6点左右,加藤抵达公司。环顾四周,他感觉"人一天比一天少",心想:"果然是大规模裁员浪潮,人少也正常。"

加藤走到休息室准备换上连体工作服(工装)。大家工装的颈部都印有自己的名字。每天都有人清洗工装,洗好后放在固定的地方。

加藤翻找自己的工作服。他的工装的左肩部位有一句"萌~"。这是他自己写上去的,为了把自己的衣服和其他人的区分开。后颈处也写有自己的所属班组和姓名。

这天,他没在常见位置看到自己的工装。他在洗衣篮和寄存柜里又找了找,还是没找到。

加藤火气上涌,瞬间爆发。

——"工装不见了!搞什么!""这个公司到底怎么回事!"他大叫着,把挂在衣架上的工装全扯掉扔到地上,买的罐装咖啡也被狠狠砸到了墙上。

加藤冲出房间。

他和公司的前辈擦肩而过。对方问他:"怎么了?"加藤敷衍了一句:"我忘了点东西。"但马上改口说,"不,我现在回家。"接着大声丢下一句:"老子不干了!"加藤踹了一脚进出门,然后跑出工厂大门,径直朝车站走去。

他在论坛里写了这件事。

> 我去厂里没找到工装。这是让我走人的意思吧。

我知道了。

这时,同事们正在休息室里收拾散落一地的工装。他们在其中发现了写有加藤姓名的衣服。同事们异口同声地说:"搞什么,不是在这里嘛!"

负责人给加藤打去电话,想告诉他工装找到了。但,加藤没有接电话。

电话太吵了。

有电话打进来就没办法专注上网了。

打扰我发帖子，烦死了。

走路去最近的岩波站只需要20分钟。怒气冲冲的加藤加快了脚步。

BUMP OF CHICKEN 的《Guild》[1]

从岩波站到裾野站，只有一个车站。但是，电车的车次很少。

加藤在月台上等着开往沼津方向的电车进站，可电车总也不来。他很烦躁。感觉什么事情都不顺心。

加藤的脑海里回响着一首歌曲，是 BUMP OF CHICKEN 的《Guild》。

他在论坛里写下了歌词。

---

[1] BUMP OF CHICKEN，是日本摇滚乐团，1994年成立，团名有"弱者的反击"之意。《Guild》，是乐队于2006年发行的歌曲，主要讲述了人们在生活中面对孤独、痛苦和迷茫时的内心挣扎，"Guild"可以理解为一种同盟或互助关系。

没有什么漂亮之处
也做不到温柔
即便如此还是活了下去 能被原谅吗？

电车到站。上车。5分钟就到裾野站。他在车里又写了下面这句：

果然到了这段时间的极限了。

裾野站一眨眼就到了。加藤下车，走过连接桥，穿过车站的检票口，之后发了一条帖子：

在那个场合强颜欢笑
在镜子前黯然流泪
肯定如此啊
因为我一直在忍着 也没有人注意到自己

这也是BUMP OF CHICKEN的《Guild》其中一段。准确到一字一句都没有写错。加藤肯定听了无数遍，对歌词倒背如流。

《Guild》是收录在BUMP OF CHICKEN 2004年发行的

专辑《世界之树》（ユグドラシル）里的一首曲子。歌曲开头是下面这段歌词：

> 做人这份工作　还要做多久
> 一分不多一分不少的薪水　我一点都不想要
> 不知何时一个闪念　明白了"这不是工作"
> 但似乎错过了时机　还是不得不做
> 倒不是觉得悲伤　只是疲惫
> 请让我休息　可是我能和谁说呢

后面的歌词里还有一句："有没有人来在乎我呢？"加藤发在论坛里的那段歌词是歌曲的中后段。

靠近结尾的部分是这么唱的：

> 我大叫想被爱　我又怕被谁爱
> 我逃进牢笼里　他们从缝隙中拽我出去
> 太脏了快住手　世界是属于自己的
> 我无所谓　我活该以这样的面目活着
> 这也是好好活着的日常　即便是快要发疯的程度

加藤的脑海里应该一直在播放这首歌曲。而且歌词还在不断地刺痛他。

但，他没有把最后一部分歌词发出来。他没有勇气发出来。因为他没有"接受"这个世界的勇气。也没有"以这样的面目活着"的勇气。他害怕从"逃进的牢笼"里被别人"拽出来"。他的"快要发疯的日常"也不可能被认可。

在一些重要的时间点上，加藤错失了与自己坦诚相对的机会，任由刺痛他内心的歌词继续划过心头。

他再一次选择了逃避。

哪怕已无处可逃。

"'杀谁都行'，似乎想明白了"

加藤从裾野站走出来，沿着平日走的那条路回到家里。看起来要下雨了。路上他收到了一条信息，写着"工装找到了"。

> 到底还是我自己的错啊……我死了反而对大家都好吧。

到家后，玄关前面已经有人在等他。是公司的人，比他早一步到。

他们催促加藤快点回公司，还告诉他"工装消失"只是误会罢了。但加藤没有回去。他说"都是我的错""今天请让我休息"便走进了房间。之后，加藤喝了酒。

到家一小时后。

加藤写了下面这条帖子：

我在网店看了飞刀。是杀人玩具呢。

在这一条表述里，他向论坛的使用者表达了他要行凶杀人的意思。

此时，加藤考虑从"网店"购买一把匕首。但是，即便着急下单，也不知道是否来得及在三天后的周日到货，这个时间点不太妙。所以，至少要提前一天在周六拿到手。他没有时间了。

他这时大概还没有想好如何具体实施行凶计划，甚至连周日要不要行凶这件事都还没下定决心。如果他已经决定了周日是行凶日，在"网店"购买匕首就来不及了。虽然他一点点坚定了行凶的意图，但在这个时间点，他对具体的方法和时间都还一片茫然。

不过，大概是两个小时后，他写了下面这一句：

明天去一趟福井。

如后所述，他在第二天去了福井，还在武器店买了匕首和飞刀。加藤很可能在这两个小时里，想好了如何使行凶杀人的念头落地。行凶的关键是购买刀具，方法从"网购"变成了"去福井"。

他可能判断出网购在时间上来不及，于是他想到必须直接去店里购买，好准备作案时最为关键的刀具。

既然网购赶不上他的计划。那他计划是什么时候行凶呢？

两天后的周六或者三天后的周日。加藤想好了要把行凶的日子安排在周末。只是，必须是周末的理由是什么呢？

因为周日才是秋叶原成为"步行者天堂"的日子。每逢周日，秋叶原的中心街区禁止任何机动车辆通行，完全变成了步行者专用道路。街道成了广场，有各种各样的表演，人头攒动，比平日热闹很多。

加藤在法庭上做了如下陈述：

> 我直接发帖子说我要去买（凶器），是希望大家可以推测到，我是为了配合6月8日，星期日，为了配合秋叶原这个步行者天堂，才选择亲自去买。（2010年7月29日，东京地方法院公判）

加藤这时已经想好了作案的初步计划。

他在现实和网络世界都尝到了被疏远的滋味，加上他主动放弃工作，失去了生活来源，被完全逼入绝境。加藤已经没法再怀揣着希望活下去了。

但是,加藤还没有舍弃想证明自己"存在"的念头。他还想用一些方法把自己的"存在"铭刻在他人的印象中。他希望别人能在意他,也希望别人能转头看看他。

加藤用尽了自己能想到的所有办法。

只是,全都没有奏效。没有一个人认认真真地给他回应,连论坛的管理员都假装无视他。

——那,只能干了。

加藤意图行凶的念头,渐渐成了确定的计划。

很多人都感觉,潜在的犯罪分子[1]在日本有相当多的数量。

一个小小的导火索就可能让他们成为罪犯,钻入"想要犯罪"的牛角尖。

果然,"人"是最重要的存在。

和人过度纠缠容易因怨恨而杀人,过于孤独又容易无差别杀人。

"杀谁都行",加藤似乎想明白了。

加藤这时已经明确表露了"无差别杀人"的想法。实施土浦连续杀人事件的凶手就说了这句"杀谁都行",加藤对

---

[1] 日语原文为"犯罪予備軍",是指为了实施犯罪而准备工具、制造条件的行为。

此很有共鸣。

行凶的方法,他也想得越来越具体了。

> 东京的大马路太麻烦了。
> 开卡车冲过去可能有点鲁莽。

"开卡车去东京"的想法,在这个节点已经完全成形。如前所述,他决定去福井购买杀伤力强的"刀具"。整个事件的轮廓一点点清晰起来。

诱因与核心

到了下午,加藤恢复了些许平静。他的肚子也饿了,回顾了自己的情况后,加藤写了下面这条帖子:

> 已经到了极限的边缘,再发生一点什么事情我就会扣动扳机了吧。
> 一直以来错的都是我。
> 一直以来错的只有我自己。

到了深夜,他又写了下面这一条:

不是某一件事，是许许多多的要素不断叠加，我才丧失了自信。

加藤清楚地明白"诱因"与"核心"的关系。

表面看起来让他下决心引发"事件"的"诱因"，是"冒充者的出现"和"工装误会"，然而，这些并不是决定性的原因。本质问题还是在于不断累积的"核心"。

他为什么会陷入"极限的边缘"这种状态呢？他又为什么会被逼入绝境呢？

原因"不是某一件事"。这里面存在着一点点"叠加起来"的"许多要素"。

——母亲过于严苛的教育和过度干涉，促成了他不擅长展现内心的性格，直接用行动而非语言表达的行为模式，以及容易暴怒的脾气。一触即发的暴力倾向、在学业上的挫折、学历上的自卑、不受欢迎、颜值低、沉迷论坛、把现实写成段子以及把段子当作现实、希望被认可的欲求、欠钱、家庭崩溃、频繁跳槽、逃离老家、对前辈和朋友的背叛、无从满足的性欲、不稳定的就业形势、派遣合同到期、冒牌货、捣乱者、被无视、孤独、不安……

郁闷之情不断累积，最终因"冒充者的出现"和"工装误会"喷涌而出，就像岩浆积聚到极限时会变成火山喷发，杯里的水积到极限也会满溢而出。

"诱因"究竟是什么,其实并不重要。即便没有"工装误会"这件事,其他事情也会变成"诱因"。

问题仍旧在于"核心"。

"核心"并非由单一要素构成,而是随着时间流逝同时形成的复合物,并不由某件单独的事情作为决定性因素。

加藤智大这个人,以及直到案发前他所拥有的25年的人生,与当代日本社会的空间和时代性紧密联系在一起。他作为主体选择了什么,他又被社会强迫着做了什么?这个界限,相当模糊。

加藤反反复复地在论坛里写着"一直以来都是我的错"这句话。

实际情况也确实如此。

他一而再再而三地主动离职,不负责任,还用行动表达不满,背叛了对自己重要的前辈和朋友,债务缠身……这个总在逃避不喜欢的事情的"我",的的确确是"错了"。

只是,一直逼迫加藤这样的年轻人要"自我负责",甚至过度鞭打他们的日本社会是不是也出了什么问题呢?而且,大量年轻人都对加藤的经历有所共鸣,日本社会到底怎么了?为什么,大家持续对加藤抱有同情?为什么,无差别杀人事件还会连续发生?为什么,他们想伤害的对象不是"特定的某个人",而是"不特定的某些人"?为什么,他们会说出

"杀谁都行"？发生这样的事件，仅仅是加藤个人的问题吗？我们能把一切都归咎于他个人吗？

"每天都过得像被操控的玩偶"

时间从6月5日来到6日。

在深夜2点19分，加藤写了下面这条帖子：

> 每天都过得像被操控的玩偶

没有前后文。突然地写了这么一句话。加藤为什么觉得自己像被操控的玩偶呢？他又觉得自己被谁操控了呢？

很显然，这里不是能说出名字的某个特定的人或组织。如果这是某个具体的存在，他就会把刀挥向对方了。他完全可以把敌意展示给特定的、有具体名称的人或物。

然而，他想发泄怒火的对象，并不明确。自身的烦躁究竟因为什么事情而不断加剧，他自己都不清晰。他只是单方面有"被操控"的感觉。

清晨快近了。

如果他像平常那样面无表情地去公司上班，也就可以顺利回归职场了。无非是说一句"对不起，是我弄错了"，这件事就算过去了。如果他这样做了，还能继续生活下去。每个月有工资拿，用这些钱吃饭，在家里睡觉，和同事们出去玩。当下的问题也总有办法跨过去。可能偶尔也会感觉很快乐。

但他已经倦了。论坛里没有任何人理睬自己，在公司也是随时会被轻易替换掉的存在，像玩偶一样被操控的人生，他没办法再继续忍受了。

> 我在工厂里大发雷霆。还好没有人也没有物品受到损失。
> 即便如此，因为缺人，公司还是给我打了电话。是因为需要我吗？不是的，只是因为人手不够罢了。总会有人去的。
> 反正是谁都能做的简单工作。

这时，加藤的脑海里除了"杀人事件"，已经想不到其他东西了。那些把他当作傻瓜的家伙，无视他的家伙，不正眼看他的家伙，还有把他当作零件对待的家伙。他想在他们的心里留下自己存在的痕迹。他想让他们正眼看自己。他想让他们想到自己。

渴望被认可的出口，渐渐明晰起来。

> 想做的事情……杀人

梦想……独霸电视屏幕

加藤的想法逐步成形。他开始惦记一件事，那就是他至今在论坛写下的所有帖子。一旦他引发了事件，这些帖子就会被当作"犯人的帖子"公开，所有人都能看到这些内容。

啊，说不定这个版块也会被公之于众。

毕竟这个时代，连博客之类的网站都能被理所当然地公开。

加藤还想到了事件发生后的进展。自己会被如何处理呢？事件被报道后，那些"冒充者"和"捣乱者"，还有管理员会怎么想呢？那些无视自己的人又会作何感想？那个写"想和你交朋友哦"却转身离开版块的女孩会怎么想呢？"群马女性"，还有"兵库女生"……

如果我有女朋友，我就不会辞职，我就不会没有车，我就不会连夜逃跑，我就不会这么依赖手机。那些怀揣希望的家伙是不会明白这些的。

所以，我是不是又会被人说，我把过错都怪到别人身上了？

错的全部是我。

一直以来错的都是我。

一直以来错的只有我自己。

没关系的,实际上全都是我的错。

到了清晨6点。加藤的手机响了。显示的是公司的号码。

电话吵死了。

加藤当然没有接电话。他也没有去公司的心情。

"和人聊天的感觉,太好了。"

清晨6点41分。

加藤走出家门。他闻到"雨的味道"。

他要去的地方不是公司,而是福井市区的一家武器店。

从裾野市的家去福井有点远。首先要步行30分钟到裾野车站,之后搭乘御殿场线的普通车次到达沼津站,再换乘东海道线抵达三岛站,之后在这里换乘新干线去米原站,最后换乘北陆本线的特快列车。到达福井站后,还要继续换乘普通电车,在某个小站下车后,打车去目的店铺。

单程大约5个半小时。往返的电车费用差不多有2.5万日元。

加藤为什么要花费这么多时间和金钱专门去福井的店铺呢？

三天前，他在御殿场买了一本《月刊Arms Magazine》杂志。据说，加藤是在杂志刊登的广告里知晓了这家店。

出发前一天，他写了"去一趟福井"后，又写了下面这一条：

> 没有库存了啊。遗憾。

这里可以推测出加藤先在网上确认了这家店的库存情况。店铺的运营公司老板在事件发生后，是这么评论的：

> 他挑选商品的时候特别快，我想应该提前在网上锁定好了款式吧。（《每日新闻》大阪本社版，2008年6月10日晨刊）

不过仅凭这一点，似乎还不能充分解释加藤为何要专程选择福井的店铺。他想买的刀是"匕首"和"飞刀"。实际上，只要查一查当时的销售情况，就能发现他想入手的款式可以在全国各地的武器店买到（因为秋叶原事件的影响，日本境内现在已经不能自行购买飞刀了）。所以说，刀具并不是只有在福井的这家店才能买到。当时静冈县也有店铺在售卖同样的商品。甚至,他隔天要去的东京还有更多货品齐全的专卖店。如果他在那时候购买,也就不需要额外花费过多的时间、精力及金钱。

前文提及的店铺老板也说了下面这段话:

> 这个男生买的刀具是不算少见的类型,是随处都能买到的商品。静冈县和秋叶原也有店铺售卖。我也不知道他为什么要专程跑来福井买。(《读卖新闻》大阪本社版,2008年6月11日晨刊)

加藤在经济方面并不宽裕。第二天,他在秋叶原卖掉了游戏软件才凑齐了租卡车的资金。对他来说,一笔超出2.5万日元的花费着实是笔大数目。可即便如此,他还特意跑去福井。这到底是为什么呢?

线索仍旧在网络。可以推测出,加藤在网上查到这家店后,不仅浏览了店铺官网,还参考了搜索店名时关联出现的其他网页。

那么,在事件发生前,网页上出现了什么样的信息呢?

事件发生后,通过搜索发现,这家店在网上得到的评价是"女店员礼貌又可爱"。不少在这里购买商品的客人都给女店员的服务写了好评。

加藤应该也看到了这样的评价,虽然没有确凿的证据可以证明，但是否可以推断，加藤是知道了店里有这样的可爱女店员，才决定去福井？

作出这一推断的理由，可以在他购买刀具的举止中窥探到。

中午12点44分，加藤进入店里。他一到店就快速挑选物品，最后拿了两把飞刀、三套匕首套装、一把迷你裁剪刀，还有特殊用途的警棍，把这些商品全都带到了收银台。

柜台后面站着一名女性店员。她问加藤："请问您有会员卡吗？"加藤回答："没有。"对方又问："需要帮您办一张吗？"加藤回复说自己不是福井人不需要办卡，还说自己今天特意从静冈县过来，又说自己在静冈县工作，自己在青森出生长大等事情。

店员请他提供身份证明，加藤掏出了自己的驾照。驾照的地址是青森的住址。女生店员就问他："青森是不是经常下雪呀？"加藤比着手势回答对方："铲雪特别辛苦。"

这家店安装了画质很好的摄像头。事件发生后，加藤来店里的视频片段被公开播放，可以清晰地看到他比划着铲雪的动作。加藤从头到尾都笑眯眯的，怎么也看不出这个人两天后会做出杀死数人的暴行。

加藤和这位女性店员聊了几句，转身离开武器店。之后他去了购物中心里的一家回转寿司店，在那里吃了午饭。

13点25分。他在论坛里发了帖子：

一个人吃回转寿司。很好吃哦。

吃完饭后,加藤离开了寿司店。剩下要做的事就是回家了。不过,加藤并没有立即踏上归程。

他返回武器店,在那里买了一个皮质的手提袋。

他可能没有认真进行挑选,买的袋子相当大,事件发生时并没有用上。

他拿着手提袋去了收银台,负责收银的还是同一名女性店员,加藤在收银台又和对方聊了会儿天,随后支付了3000日元买下手提袋,离开店铺。

加藤还是没有回家。

他再一次返回武器店,问店员在哪里可以打车。女性店员耐心地告诉他具体位置,他才终于走向购物中心的出口,坐上出租车。

加藤应该心情很好,还和出租车司机聊了天。之后,他抵达福井站,搭上特快列车。快车出发后,他写了下面这条帖子:

店员是个不错的人。
和人聊天的感觉,太好了。
我还和出租车大叔聊天了。

加藤久违地和同事以外的人说了话。他在网上一直被大家疏远，也等不来认真的回应，于是有了"和人聊天，真好"的感觉。他的内心十分雀跃。

回家路上写的帖子，是明快的。

他在米原站发了两条帖子："还能赶上看娜乌西卡[1]吗""来回两条线同时发车，也太帅气了吧"。经过滨名湖时，他还孩子气地发了一句"到滨名湖[2]了，滨名湖"。

他在三岛站下了新干线列车，然后换乘东海道线去沼津站。他在这里并没有立即换乘御殿场线，而是走出了检票口。

时间是傍晚6点多。

加藤走进了一家店。是风俗店。

他把自己去福井的事情告诉了店里的女孩，此外还说了自己买了一把刀。

他肯定也产生了性欲。也想在事件发生前再快乐一把。只是除此之外，他还想被人爱慕，他还想和人聊聊天，尤其想和女人聊天。

---

[1] 娜乌西卡，是动画片《风之谷》的主角名字，《风之谷》是宫崎骏1984年执导上映的动画片，描述了在一个过去古文明曾遭受到毁灭的未知世界中，一位叫作"娜乌西卡"的少女的冒险故事。
[2] 滨名湖，是位于日本静冈县滨松市、湖西市的湖，南部与海相通，为日本第十大湖。

大概一个小时后，加藤离开风俗店，继续踏上归途。

又要吃便利店啊。
感觉一回到家就被拉回了现实，太讨厌了。

到家差不多是晚上8点半。这天晚上9点，日本电视台会播放动画片《风之谷》。

他在播放过程中完全没有发帖子。他应该在专心看"娜乌西卡"吧。或者，长途旅行太疲惫，他在不知不觉中睡着了。

作案前一天

6月7日，作案前一天。

加藤一大清早再次出门。

他要去的地方是秋叶原。他要卖掉自己的游戏盘，来准备租赁卡车的费用。

他这天没有乘坐高速巴士，而是坐了电车。他从沼津站搭乘东海道线到达东京站，没有坐新干线。

加藤抵达秋叶原后，直接去了收购游戏用品的店铺。他在11点41分发了下面这条帖子：

有的游戏盘卖得比原来的定价还贵。真不愧是
秋叶原。

之后，他转了几家租车行，本来想预约租一辆卡车，但
被店家以"驾照地址未更新"为由拒绝。

没有车就办不成事情啊。
车太轻的话就不好办了。

加藤只能悻悻前往东京站。

算了回去吧。这也是我最后一次坐电车了吧。

大概是因为游戏盘卖出了比自己预期更高的价格。加藤
在东京站坐了新干线。刚过下午3点，他就到达了沼津站。

加藤去了车站南口的日本租车店，试图在这里预约一辆
卡车，但被对方要求出示信用卡。债台高筑的他自然没有信
用卡在身。

原来租大车需要有信用卡啊。怎么看我都是个
没有社会信用的人。

不过，他没有轻易放弃。加藤撒谎说："我们要从裾野搬家到御殿场，有三个人的行李，肯定是需要一辆卡车才装得下。"26岁的店员相信了他，因为载重4吨的卡车已经被约满了，店员给他安排预约了一辆载重2吨的卡车。

随后，加藤发了一条帖子：

> 从小就一直被迫扮演"好孩子"，我早就习惯撒谎了。店员小哥，对不起了。

他走出日本租车店，去了游戏中心。他可能想在事发前把想做的事情统统做一遍。他打了游戏，但一点也不开心。不知为何，他觉得很无聊。

加藤又去了前一天去过的风俗店，接受了店里女性提供的性服务。他在口供中做了如下陈述：

> 我也不知道自己为什么想去这里。我连着两天去的原因可能是想找个人商量一下吧，但我记不清了。

顺便要说的是，加藤在论坛里只字未提自己去风俗店的事情。

他走出风俗店没多久，突然一阵头痛。但他还是忍着疼痛回了家，为第二天做准备。

我以为自己会更兴奋一些，倒是意外的冷静。
　　我自己都吓了一跳。
　　我觉得自己身体有点不舒服。
　　不能中止计划，我也不想中止。

　　加藤倒在床上。明天起他将再没有机会在自己家睡觉了。这是最后一晚。连着两天的"旅行"让他很疲惫，头也很疼。
　　大概晚上9点，他睡着了。

"是时候了"

　　6月8日，星期日。事发当天。
　　加藤在凌晨3点左右醒来。他打开论坛，收到了差不多20条跟帖，但没有什么正经的回复。

　　都是些超级无聊的家伙。

　　之后，他还接连收到了"捣乱者"的帖子。他的版块已经发布超过3000条帖子，不能在同一个版块继续发帖了。

早晨5点21分。

加藤创建了新的版块。这一次他取了"Dummy"[1]作为版块主题。他的头还是很疼。天气预报说会下雨。

时间到了6点。加藤一口气写了下面这些话:

> 不是我被骗了。而是我骗了别人。
> 我习惯假装好人了。大家都被我轻易骗了。
> 我是大人评判标准里的好孩子。只是在大人眼里。
> 但是我交不到朋友。
> 只有少数几个人和我这种人有很多年的交往。
> 他们还会给我群发信息。这个小团体还接受我,
> 让我稍感欣慰。

加藤在这里提到了老家青森的朋友们。加藤离开青森后,还会收到他们的群发信息。即便他不回复,朋友们还是会一直抄送给他,这让他很开心。他在出门前想起了这件事。或许他想到事件发生后自己的帖子会被全部公开,于是发出了这样一条专门写给朋友们的信息。

早晨6点31分。

---

[1]Dummy,意为替身、传假球、顶替公司等。

加藤走出家门。他和平常一样走路去裾野车站。这段路大概要走 30 分钟。他淋着雨,加快了脚步,坐上了比计划早一班的电车。

他在电车上给同事月山发了信息。

> 起床了吗?我有东西想给你,08:00 ~ 08:30 之间有空吗?

月山给他回复了信息,说自己在家。加藤立即又给他回了信息:

> Ok 明白 大概,8 点半左右能到你家 等下见 [1]

电车到了沼津站,但日本租车店还没开门。加藤等了大概 30 分钟。

上午 8 点。

他随着开店时间进了店,租到了载重 2 吨的卡车。合同写的是从 8 点起租,租赁 12 个小时。为了伪装出搬家的样子,他还特意带去了购买的打包行李用的绳子。

---

[1] 日文原文是"おk把握 多分、8時半頃になると思われ よろすいく"。

加藤驱车赶往自家公寓。到家后,他把刀放在车里,又折返回去抱出一个装满游戏盘的牛皮纸箱,把纸箱装上车。

上午8点45分。

加藤到达月山的公寓前。他给月山打电话说"我到了",月山开了门。

月山看到卡车吓了一跳,问:"什么情况,你怎么开着卡车?"加藤回答说:"我租的。"月山又问:"要运货吗?"加藤说:"送到秋叶原那边。"接着说,"把卡车送到秋叶原,再顺便去一下秋叶原的店铺,然后直接去东边。"

加藤的表情和平时并无二致。

发生了工装事件后,月山就没有和加藤联系过了。他也一直不清楚加藤是否打算重返工作岗位。但这一刻,他明白加藤没有再回公司的念头了。

加藤把箱子递给月山。纸箱原本是用来装索尼电脑的,月山打开箱子一看,里面都是游戏盘、同人杂志、PlayStation等。箱子里还装有一把飞刀,加藤说:"也不好处理的,这个送给你了。"

装电脑游戏的袋子,正是秋叶原的"武器店"的袋子。月山听加藤说过这家店。于是问了一句:"这就是传说中的武器店吗?"加藤回答:"是的。"

月山问了加藤今后的打算。他问加藤:"以后打算做什么工作?"加藤回答:"还没决定好,不过暂时先去东边吧。"

月山又问："东边,是说东京和平塚那一带吗?"加藤回答:"不是,更东边。"但更具体的,他一句也没说。

大概过了15分钟,月山问了下面这些话。

> 月山:"你大概几点到秋叶原呀?"
>
> 加藤:"计划12点左右到。开这辆车上高速过去。"
>
> 月山:"3个小时都不到啊。"
>
> 加藤:"嗯,我差不多要出发了。"(《周刊朝日》2008年6月27日号)

加藤站起身。月山叫住了正要走出玄关的加藤。

> 月山:"这是类似于(F1赛车手)迈克尔·舒马赫和埃尔顿·塞纳的时代交替吗?"[1]
>
> 加藤:"我,应该暂时都不会去赛车场了,大

---

[1] 迈克尔·舒马赫是生于1969年的德国职业赛车手,埃尔顿·塞纳是生于1960年的巴西职业赛车手。前者拿过7个总冠军,被称为车王;后者拿过4个总冠军,被称为车神。因为舒马赫在儿时将塞纳视为自己的偶像,车神是对他的尊称,但两人有同场竞技的经历,塞纳在1994年的比赛中意外丧生。

家要好好练习呦。期待你们的速度都变快。"

月山:"知道了。我会好好完成交替的,你等着看吧。"(《周刊朝日》2008年6月27日号)

到了外面,月山说想拍下卡车的照片,还说"想周一拿给大家看"。

"可以啊,不过我计划今天飞走,所以你今天跟谁都不要说。"

加藤这么嘀咕着,坐到驾驶位上,和月山说了句"再见",便离开了。加藤之后从关东汽车厂旁边的裾野入口上了高速,开上了东名高速公路。他当时会以怎样的心情望着三天前自己还在这里工作的地方呢?

进入高速路后,加藤每到停车休息或者堵车时,就会在论坛进行实时直播。

9点41分 天晴就好了

9点48分 进入神奈川了 休息一下 目前一切还算顺利吧

10点53分 塞车好厉害 能不能按时到啊

他在横滨青叶出口下高速。之后沿着国道246号线朝东京方向开去。

　　11点07分　涩谷塞车严重
　　11点17分　这边放晴了

11点45分左右,加藤开车到了秋叶原。和他预计的时间差不多。他把车临时停下,在堂吉诃德[1]下面的柏青哥店去了趟卫生间。

"步行者天堂"的氛围一般从中午才开始。

加藤在卫生间修改了论坛版块的名称。

　　要在秋叶原杀人
　　开车冲进去,开不了车的时候就用刀。永别了。

写下这些话后,加藤怎么也无法按下"确认修改键"。这几句话是很明显的犯罪声明书了。

——"已经没有回头路了。"

他没有发出修改的内容,就从卫生间走了出来。他回到

----

[1] 堂吉诃德,日本最大型的连锁便利店和折扣店。

卡车的驾驶位，最终下定决心，按下了发送键。之后他删除了手机里的所有联系人。心里一横："只能干了。"

12点10分。

加藤写了最后一条内容。

> 是时候了。

没有退路了。他驾驶卡车开过东西走向的神田明神路，朝中央大道的十字路口开去。眼前的步行者天堂，熙熙攘攘，热闹非凡。

加藤想直接冲过去。但信号灯变成了红色，他立刻把卡车停了下来。

> 我的本能在强烈抵抗，和自己的意志丝毫没有关系，感觉是我的身体在抗拒这么做。（2010年7月29日，东京地方法院公判）

第一次失败了。

第二次、第三次也同样失败了。他怎么都做不到将车开进人群。

接着他尝试了第四次。他在想要不然就这样离开秋叶原，把卡车还回去吧。虽然在论坛里写了犯罪预告，但要不要考虑中止呢？

然而，他转念一想，打消了这个念头。

> 站在此处，望着前方，哪里都没有我的栖身之处。最后只能一条道走到黑。（2010年7月29日，东京地方法院公判）

终于，加藤下定决心。只能冲进去了。此时，时针指向中午12点33分。

加藤踩下油门，无视信号灯，直接冲进了人头攒动的步行者天堂。惨叫声此起彼伏。人们一个个歪歪扭扭地倒在地上。到处都是血。

卡车停下了。驾驶位的车门随之打开。

走下来的加藤紧握匕首。那是一张魔鬼的脸。

终曲

日本社会对加藤的讨论

事件发生后,电视台纷纷播放了秋叶原现场的转播录像,随后也出现了铺天盖地的关于案件的追踪报道。加藤的帖子在事件发生后在网上迅速传开,各大媒体也对论坛内容进行了报道。

随着帖子的广泛传播,"同情加藤"的大众情绪也随之扩散。有部分网友把加藤称作"神",还一度流行把事件当作"段子"来消费;另一方面,在更深层次上共鸣加藤的人也越来越多。

事件发生后,《周刊朝日》邀请反贫困网络事务局局长汤浅诚担任主持,与五位年轻人进行了一场座谈。其中一位参与者(26岁的男性)说了下面这段话:

这个人只是恰好成了杀人狂魔，我觉得他本来还有一个途径，就是自杀。我非常理解他的心情，因为我有过想杀掉所有人的念头，也有过自杀的念头。要说有什么原因导致如此，我也说不出来，但从读书时起我就一直在重复打工、做派遣员工的生活，无论做什么都不顺心。如果平时就觉得自己已经很惨了，一旦稍有失误，或者别人一句无心之失的话，就可能让我跌入非常失落的情绪里。（《周刊朝日》，2008年6月27日号）

另一位参与者（31岁的男性）也做了如下发言：

刚开始看到事件报道时，我第一反应是"这不是我自己也幻想过的事情吗？还真发生了啊"。开车冲进大马路这种事，感觉像是漫画或者游戏里才有的……（《周刊朝日》，2008年6月27日号）

此外，《SPA！》[1]在2008年7月1日号上做了一个特辑，

---

[1]《SPA！》，是日本一份有影响力的周刊杂志，由扶桑社于1988年创刊，内容涵盖社会新闻、政治、经济、娱乐、时尚等广泛话题，报道风格大胆犀利，有时带有争议性，在日本拥有相当数量的读者群。

名为"'自称·秋叶原杀人狂魔预备军'的告白"，里面汇集了对加藤的共鸣之声。其中，"这个罪犯很可能就是我自己""加藤给了我活下去的勇气。因为他给我具体展示了'最后那样做会如何'"等类似的发言并不少见。

对秋叶原事件，日本社会对加藤表示出共鸣。

受此事件影响，政府也采取了一系列行动。事件发生后，时任厚生劳动大臣舛添要一做了如下发言，敦促有必要修正法律：

> 日本到了不得不大幅度修改政策的时候了。虽然很多人认为劳动者工作灵活是好事，但在事事都处于竞争社会的环境里，这样是否真的好呢？我认为有必要改变社会氛围了，我们需要一个让人更安心也让人满怀希望去工作的社会。（《朝日新闻》，2008年6月10日晚刊）

另一方面，日本政府也加速推进了对匕首的管制、网络的监管；他们取消了步行者天堂，同时设置了更多的监控摄像头等管制和监控措施。

其实，日本社会不断扩大的共鸣已经让受害者经历了二次伤害。但无论生还的受害者多么痛恨加藤，无论再怎么谴责他，还是有越来越多的年轻人对加藤表示出共鸣。即便加藤之后被判处了死刑，受害者的伤口也会继续作痛。他们的愤怒和绝望永远都无法消失。

话语、话语、话语

究竟要如何做才能杜绝此类事件再次发生？又要如何做才能阻止人们对这一事件继续产生共鸣？

我想在此回顾在加藤真实的人际关系里，他用"真心话"去构建关系的瞬间。他在法庭上亲口说过，他的人际关系是二分法，即"现实中是客套话"和"网上是真心话"，但他自己也十分明白，如此简单粗暴的构造难以成立。

我始终在意的是加藤和藤川的关系。

在网上发的帖子，加藤几乎没有告诉过任何朋友及同事。在关东汽车厂工作时，即便同事问起他的网名和他在用的论坛，加藤都守口如瓶。至于老家青森的朋友们，加藤对他在论坛里发帖的事情更是只字未提。

然而，藤川和所有人都不同。

加藤不仅把他在网上认识的女性介绍给藤川，还和藤川说了帖子的内容。加藤甚至还邀请藤川加入 Mixi，向他展示自己在网上的交际圈。

为什么，加藤只对藤川表达了"真心话"呢？

其实是藤川的"话语"成了契机。

"某种意义上,藤川桑是社长吧?我真羡慕你。你是人生赢家。"对这样说的加藤,藤川认真地发怒了。他之后还讲了自己的经历,和加藤坦诚相对。

加藤哭了。

他听到了"话语",那是打动他的"话语"。他的"世界"和"话语"联系在了一起。以此为契机,加藤对藤川突破了"客套话"的关系,走向了"真心话"的关系。

这里迈出的一步对加藤的意义十分重大。为何这么说?因为加藤通过藤川的话语,能直面自己了。他能叩问自己,能审视自己,也能对他人敞开心扉了。即便那只是极其狭窄的一条缝隙。但,可以确信的是他流露出了"真心话"。他找回了面对他人的可能性。

只是,即便藤川如此特别,加藤还是离开了他。

为何会这样呢?

为什么在事件发生前,加藤不给藤川打一通电话呢?为什么,加藤没有意识到他和藤川之间关系的重要性呢?或者说他意识到了,却假装没有意识到?还是说,他忘记了这段关系对他有多重要?

除此之外,还有其他触动加藤内心的话语。

比如,在上野的停车场对他进行职务询问的警察和停车场管理员。他们从都是北国出身的话题聊开,警官还对他说:

"只要活着，人都会有辛酸的事情，也会有快乐的事情。你只是太拼命了，稍微放松一下就好了。"加藤听着流下了眼泪。

至于停车费，管理员也温情地对他说："你在年底前还给我就行。"还目送他离开，于是他真的在年底带着特产在办公室出现，还了停车费。即便他之前一直对车贷置之不理。

在福井的武器店里，他和店员笑嘻嘻地聊天，还在回程的电车里发了帖子，说："和人聊天的感觉，太好了。"

这些都是不经意触动他的话语，加藤通过这些话语重新相信了世界。即便只是一瞬间的相信，但他的内心受到了触动。他发自内心地笑了出来，甚至流下了眼泪。正是语言的力量，击穿了他对他人如岩石一般坚固的防波堤，也击碎了他顽固的执念。

人类终究是需要语言的动物。每个人都作为语言的产物而活着。无论作为个人，还是身处集体。

加藤对此十分清楚。只是，他不认为这样的语言存在于现实世界中，而是存在于网络世界里。他把现实和语言分割开了。

加藤在现实世界的起点受到了挫折，说到底，母亲给他造成的桎梏太大。她所施加的单向暴力与强势夺走了他的话语。实际上，他的作文也一直被母亲检阅修改，这个过程中，他自己的话语也被夺走了。

正因如此，加藤才反过来对语言更为敏感。他在文本里留下的文字不仅负面，且十分犀利。他大概是想通过文字把内心的难过传递出来。

只是，现实世界中几乎没有人能全盘接受他的表达。日本社会的现实世界是只能用"客套"交际的地方，和任何人都没办法交换真实的想法。所以他才会在有朋友的情况下，依然感觉孤独。

加藤不屑与他人进行面对面的交流，渐渐形成了"用行动引起对方关注"的习惯。他也不会用语言好好表达"真心话"，一再重复着突然爆发出来的"让别人注意"的行为方式。这就是他不相信表层语言的后果。

另一方面，加藤又在网上寻求"话语"，即便这里并不具备真实的身体感受。于是，为了得到"真心话"的关系，他把自己的话语全都敲进了小屏幕里。

事件发生后，他在论坛里写下的话语又反向传达给很多人。其实这也是一种"文学"。只是，每当这种文学被启动时，他都无意识地活在其中。

但，"客套＝现实／真心话＝网络"这样的二分法在他的人生中多次交替出现。他也反复经历了被现实话语打动的同时又对网络语言失望的情况。可以说，他从自己的经历就深知，简单的二分法是不成立的。

正因如此，他才应该直面现实中的"话语"，才应该有意识地去瓦解自己搭建的岩石。即便他一直害怕坦诚地面对自己。

另一方面，于加藤而言，能让他说出"和人聊天的感觉，太好了"这句话的情况,不局限于某一特定的场景也是事实。职场上的"纵向关系"和"横向关系"无论如何都会涉及利益,如果说出所有的真实想法,职场上的人际关系极有可能出现裂缝。所以在职场上还是要察言观色,什么想说的话都脱口而出,肯定行不通。

于是,不涉及直接利益关系的"斜向关系"在社会上显得极为重要。对加藤来说,藤川虽然是工作上的同事,但也是几乎没有利益关系的他人。停车场的管理员如此,武器店的店员亦如是。

只是在现代日本社会里,能这样与他人相遇的场合实在有限。即便大家都说要找到自己的心安之处,但这种地方到底在哪里?加藤作为派遣员工辗转各地,和每一个地方的社区关系都是割裂的。

他平时最常去的地方只有便利店和牛肉饭连锁店。在那里,他不用和人说话,也不存在什么人际关系。

加藤是不可能找到什么心安之处的。建立"斜向关系"的前提,原本就不存在于他所生活的社会之中。

因此,为了"和人聊天",他不得不跑去福井。或者,只能花钱去风俗店。

但,这只会让空虚和无力的感觉如影随形。加藤走出风俗店后,被剧烈的头痛折磨,即使是事件发生的当天也没有好转。因为他的身体在无意识地产生抵触反应。

"可以让我们再多了解你一些吗？"

加藤在审判中一直面无表情。

但只有一次，他让我们看到了流泪的瞬间。那是事件中一位受伤男性的妻子说出"就算为了那些去世的人，也希望你做哪怕一件好事"的瞬间。加藤涨红了脸，眼睛也湿润起来。那天，他走出法庭时没敢直视旁听席，也没向大家鞠一躬，虽然他之前每次都会这么做。

有一位男性受伤者名叫汤浅洋（真名）。

他是在照顾被卡车撞伤的受害者时被加藤刺伤的。匕首刺穿了他的肺部，直抵横膈膜。汤浅当场倒地，失去了意识。

几天后他苏醒过来，虽然捡回来一条命，但不得不住院了一个半月。

汤浅是一名出租车司机。事发当天，他在秋叶原刚刚放下乘客。

医生对汤浅说："恐怕以后很难继续开出租车了。"

汤浅离职了，开始了在医院和 Hello Work 之间往返的日常。

有一天，汤浅收到一封信。是加藤寄来的。

信是加藤手写的，但所有受害者都收到了同样的内容。

一些受害者拒绝接收来自加藤的信件，也有受害者对收到一模一样的信件愤怒不已。

汤浅倒是很仔细地阅读了信件内容，且读后十分不解："能写出这种文章的你何以做出这样的事？"（《朝日新闻》，2009年11月18日晚刊）

汤浅给加藤回了信：

> 我很惊讶突然收到你的信件。信里的字迹很工整，好读，文章也写得十分易懂，可是，能写出这种文章的你，为什么要引发这么严重的事件呢？为什么你没能阻止自己犯罪的念头呢？（中略）你在信里写道，"为了表示反省，我希望以后不再发生类似的事件。我愿以还原事实真相来作出弥补"。从今往后，我会持续关注你反省的姿态，也会与大家一起深思此次事件，愿为不再发生如此悲惨的事件尽绵薄之力。可以让我们再多了解你一些吗？拜托了。

汤浅几乎旁听了加藤的所有公审。尤其是对被告进行质问的环节里，他留意了加藤叙述的"引发事件的动机"。

然而，他的心中还是留下了芥蒂。

——"只有他自己才知道的内心部分，他还是没说。"

在审判的后半程，汤浅站上了证人席，做受害者的意见陈述。

加藤在其他受害者做意见陈述时，一直低着头，也避开与他们的眼神接触。但在面对汤浅时，他的神情截然不同。

汤浅在加藤斜对面坐下开始讲述时，加藤抬起了头。他一直注视着汤浅，听他讲话。

汤浅也注视着加藤，缓缓说道：

> 我不能接受你在法庭上说的犯罪动机。你在公审上说的意思大概就是一句话，只想求法官判死刑。但是，我感觉你还是没有反思自己的行为，没有说出真相。请你把真相说出来。

加藤微微点了点头。

汤浅期待着加藤做最后的意见陈述。他想，加藤会不会说出内心深处的想法？又会不会说出接近事件的真实动机？

2011年2月9日。

东京地方法院在104号法庭上开始了最终辩论。

经辩护律师长文宣读，又短暂休庭后，加藤开始做最后的意见陈述。加藤站在被告席，整个法庭鸦雀无声。大家都在想，加藤最后会说什么呢？所有人都在关注他最后的话语。

加藤开口了：

此时此刻，我很后悔，我不该引发这起事件，我在深深反省。对遇难家属，对受伤的人，我感到非常抱歉。我说完了。

　　只有这几句话。

　　他回到被告席，和之前一样，朝旁听席鞠了一躬后退出了法庭。脸上依然面无表情。

　　我目送着他从法庭上一点点消失的背影。

　　"加藤把法庭看作说客套话的关系，他觉得这里不是说真心话的地方。所以，他不觉得有必要在这里说出真正的想法。如果汤浅作为个人和他交流，或许他会说出些什么。但，他可能没有机会再向社会说什么了。他亲手搭建的与社会之间的岩石壁垒，比我们想象的还要厚实。"

　　——这是我的直接感受。

　　现场只留下让人绝望的空气。

　　我走出法庭，去乘坐地铁。世界一如往常在运转，还关注秋叶原事件的人，已经不多了。

　　走出地铁车厢，回到地面，恰好是日落时分。一瞬间，我有点眩晕，但我加快了脚步，回到了自己的日常生活。

　　我永远不会忘记秋叶原事件。

后记

最近几年，读者都在过度追求"通俗易懂"，媒体方面的倾向尤甚。于是，那些随口说出"就是这样"[1]的电视台主持人获得了很多拥趸。

政治家也如出一辙。他们大肆宣扬简单粗暴的二分法，明确"政敌"，反反复复强调自己的主张，推翻既定的事实。而且这些政治家往往更有人气，甚至被公众期待为救世主。

然而，我很想在这里踩刹车，重新追问，"通俗易懂"等同于"简单粗暴"吗？这个世界是可以通俗易懂到直接说"就是这样"的程度吗？

---

[1] 日语原文是"ズバッ"，是"すばり"的口语表达，意为一语中的、一语道破。

这是个复杂到令人惊讶的世界，更不用提身处其中的人类。不要说身边的他者，即便是自己的内心，我们都很难全面把控。正因如此，我们才会偶尔做出不合理的、没有来由的行为，令周围人大吃一惊。甚至，连我们自己都对做出异常行为的自己困惑不已。

社会正是由这样的人类构成的，它绝不是简简单单就能被描述的存在。过于简单的话语中一定有敷衍和被省略的部分。这样的话语，在本质上其实离"通俗易懂"最为遥远。

只有认认真真地不断还原真相，较真地去解读复杂的事情，才能产生"通俗易懂"的话语。掷骰子般的非此即彼的断言，只会让社会变得更难理解。因为这种不透明感加剧了我们的不安，也让我们更依赖牵强附会的表达。长此以往，我们会与所谓的理解渐行渐远，也会失去直面未知的念头。

如果想理解引发秋叶原事件的加藤智大，就必须与所谓的简单化保持必要的距离。要想更进一步认识他，就必须认真回顾他的过往，写出一段段积累的话语。简短的随笔和讨论，无论如何都无法表达出他的阴郁和封闭。

于是，我写下了这本书。

也许有读者觉得我写得太过冗长，或许这是我仍心怀沮丧所致吧，总觉得事件的动机不该局限于"就是这样"的简单表达中。

要想看清楚加藤的悲哀，的确有必要写这么长的篇幅。

因为我们需要切身感受在他身上流淌过的时光。

我会尽可能地重走加藤见过的风景，尽可能地去见和他直接认识的人，听他们讲述他们所认识的加藤。我也从头到尾在法庭上旁听了加藤的陈述。不仅如此，我还会如实描写他的人生轮廓和苦恼。在此立意上，本书是否取得了成功，我想交给读者来判断。若本书能提供一点点重新审视问题的角度，对我来说已是意外之喜。

在此，我想再次感谢拨冗配合我采访的各位，真的非常感谢大家。

此外，我也想感谢在我执笔之时，为我提供周全帮助的《周刊朝日》的藤田知也先生，《每日小学生新闻》的小丸朋惠女士，朝日新闻出版社的岩田一平先生、井原圭子女士，以及负责编辑此书的高桥伸儿先生，负责装订的矢萩多闻先生。谢谢大家。

2011 年 3 月

中岛岳志

文库版后记

本书（单行本）出版后的2012年7月，加藤也出版了一本书，名为《解》（批评社），内容是他围绕事件向社会抛出的自己的见解。虽然在书里他吐露了法庭上没有说出来的话，以及自己在当下的想法，但仍然没有表明和事件有关的全新真相。我通读一遍后，反而感觉加藤根本不想触及（或者故意含糊地写）诸多重要细节。我觉得，加藤还是在继续逃避直面自己。基于此，在本书文库版发行之际，我没有做大幅度的增添和修改，仅进行了最小范围的订正。

加藤在《解》这本书的开头提到了一点，他清晰记得开车冲入秋叶原十字路口的一瞬间。他说他和一位步行的路人四目相对。对方的眼神似乎在问："为什么？"那一瞬间他动摇了。只是,即便那一瞬间他觉得"我果然还是不想这么做",但卡车已经撞上了这个人,他没有了回头路(《解》103页)。

加藤闭上眼睛的那一刻,涌起了一种"我其实并不想撞这个人"的感觉。眼神与眼神相遇的"对话",让他感觉到"他者消失不见了"(《解》113页),那一瞬间于他而言,是从孤立状态中获得解脱的出口。只可惜,冲出去的卡车无法踩下刹车。

对加藤来说,被社会分离,陷入孤立,意味着失去了活下去的动力。他难过地说着,"我想为了'谁'做些什么,我希望有个人能成为那个'谁'"(《解》95页)。

然而,于他而言,能有这样的一个"谁"出现,几乎是"神迹"。究竟去哪里才能遇到这个人呢?他想象不到。在狱中自问自答时,他想,"要是去做志愿者就好了""要是去参加社团或者去教室上课就好了"。可惜,在他简单的思维里,"即便被告知要找到与社会接触的点,他也不知道该如何做为好"(《解》,155页)。

如何在这样的社会里生存,我们确有必要再一次客观审视。而且,必须从直面加藤这个人的现实性来着眼。

秋叶原事件已经过去整整五年。可至今什么问题都没有得到解决。

所以,我一直无法忘记加藤智大这个人。

我们需要去创造一个让加藤发自内心地感到后悔,让他感觉"人生完了""我好想多活些日子"的社会。我觉得这就是我写这本书的责任。

必须要写出来。

加藤,为了让你彻彻底底地感到后悔,我会努力的。

2013 年 4 月 17 日
中岛岳志

译后记

本书的作者中岛岳志沿着加藤智大的成长轨迹，涉足了加藤出生长大的青森，工作辗转待过的岩手县、静冈县。中岛采访了多位和加藤有直接接触的朋友、同事，还收集了诸多当年新闻报道的素材，给读者还原了加藤儿时经历的家庭环境、读书时代的荣耀与挫折、走入社会参加工作后的不安定状态，以及最重要的，他在网络世界里的另一面——用段子赢得的现实中不曾有过的人气与簇拥。

作者用大量场景和对话还原出加藤存在过的一个个瞬间，有开心，有难过，有失落，有孤独……这些被捕捉的细节让我们看到了加藤既往25年的人生轨迹，也让我们明白，他其实就是一个普通人，普普通通地长大，过着普普通通的生活。但，加藤25岁那年所做的事情，不仅终结了他普通的人生，也终结了他人平静的生活。

案发后，加藤原本在银行工作的父亲被迫离职，之后仍不断接到恐吓电话，最后只能独自隐居；母亲被媒体指责是她的畸形教育导致加藤性格孤僻，致使加藤犯下滔天大罪，最后她因强烈的负罪感而精神崩溃；弟弟在事发后频繁被记者找上门，只好不断搬家换工作，最后连谈婚论嫁的女友也离开了他，事发六年后，弟弟自杀。自杀前一周，他把案发六年来写的日记寄给了媒体，吐露了自己多年来如何活在"杀人犯弟弟"的阴影之下。他写道："加害人的家属，只能在阴暗的角落悄悄生活，不能拥有和普通人一样的幸福。"

可以说，这家人是另一个被秋叶原事件毁掉的家庭。

加藤的暴行，对当代日本社会也影响深远。以"步行者天堂"闻名于世的秋叶原一度中止了行人专区，直到2011年才实验性重开，但时至今日，仍因这一事件蒙受阴影。另一方面，时任内阁总理大臣福田康夫指示做出预防再犯的检讨，政府提议加强对刀具的管制，要求购买特殊刀剑的买家必须出示身份证明文件，并禁止18岁以下的顾客购买匕首。同时，政府在当年投入了更多预算来开发可以迅速发现网上犯罪预告的技术，警察厅亦倡导网民发现犯罪预告时要通知警方。

引起如此轩然大波的加藤，为自己的所作所为忏悔了吗？

2011年3月24日，东京地方法院结案宣判。辩护律师起初以加藤丧失部分记忆为由，试图为他减轻罪行。但检方对他进行精神鉴定后，认为他具有完全的责任能力，并指控他的罪行是"人性泯灭的恶魔所为",判处其死刑。

加藤不服,提出申诉。

2012年9月12日,东京高等裁判所维持一审判决。

加藤不服,继续提出上诉。

2015年2月2日,东京最高裁判所对加藤作出死刑的终审判决。

2022年7月26日,在秋叶原事件过去整整14年后,加藤被执行死刑。

加藤两次提起上诉的做法,不得不让人怀疑他是否真的有过悔意。等待执行死刑期间[1],加藤出版了自己的传记。如本书作者在后记中所说,加藤的传记依然没有披露关键真相,大众也没有获知他更真实的犯罪动机。

2020年,日本举办的"死刑犯表现展"中公开展览了包括加藤智大在内的死刑犯作品,观众看到了加藤画下的悠哉少女漫画。但放大后仔细看,漫画中每一笔黑色都是由日文汉字"鬱"(意为"忧郁")组成,原来纸上并没有"画",只有成千上万的"忧郁"。策划展览的组织名为"废除死刑基金会"。日本一直有废除死刑的呼声,在他们的理念中,

---

[1] 日本是世界上保留死刑制度的国家之一,但法务大臣大多不愿当"刽子手"这个讨厌的角色,导致日本执行死刑的过程非常漫长,刑犯们往往提前一小时,才得知行刑时间。

只要生而为人,无论如何都不能被判处死刑。即便如此,加藤还是成了岸田内阁上台执政后第二个被执行死刑的犯人,足以见其罪大恶极。

只是,加藤智大的生命终结了,他身上的罪恶就能终结吗?

在本书的尾声部分,作者写到,听完加藤最后陈述的那天,他走出法庭,看到了永恒不变的晚霞,感受到事件过去几年后,世界一如往常运转。这样的感觉让他既安心又不安。安心的是,世界并未因这样泯灭人性的恶性事件改变其自有的轨道;可不安的是,世界没有因这样泯灭人性的事件发生积极变化。

加藤死后,我们依然想问一句:"为什么?"

为什么加藤要做这样的事情?为什么他至死都没有作出真诚的忏悔?也许,母亲严苛的教育方式导致他从小不知"温情"为何物;竞争激烈的教育环境和精英主义又导致加藤对自己的学历有挥之不去的自卑;过度关注外表的时代让他把找不到女朋友等事情归咎于长相鄙陋;现实中复杂的人际关系又让他难以建立值得信任的关系,天真地把虚拟的网络交流当作可以托付"真心话"的关系……这些外力一步步把加藤和无辜的受害者们带入深渊。但,仅此而已吗?

在加藤的案例中,作者一直强调——加藤是个不会用语言表达自己,只会用行动引起对方注意的人;同时,加藤认为现实是客套话的关系，网络是真心话的关系，即现实不真实，网络才真实。加藤的世界无疑颠倒了。可矛盾的是，现实中也有触动他内心的"话语"，比如藤川和停车场管理员。

加藤并非不知道自己出错了，只是他没有勇气直面自己的错误，于是一再犯错，直至万劫不复。说到底，他是个不敢伤害自己、只敢伤害无辜的懦夫。

对加藤这种一条道走到黑的执念，上野千鹤子在《厌女》中对"无人气男"的分析提供了一种理解路径。上野说，加藤把人生的诸多不顺都归因于自己"没有人气"，主要原因就在于外貌不好，这在某种意义上是保护自尊心的一种方法，因为学历、职业等的改变和后天的努力有关，但外貌只能怨恨父母[1]。把自己"无人气"的原因全部归结为外貌，可以看出在加藤的认知里，女人是只被男人外貌吸引的简单动物，这种狭隘的异性观也一步步带他走向了不归路。

当然，这远不是所有的真相。

日本自进入平成时代（1989—2019年）后，一改战后积极进取的精神状态，进入了一种所谓"成熟的阶级社会"。高速经济增长模式结束，新生的一代人不得不陷入某种失落，

---

[1] 引用自《厌女》（上野千鹤子著，王兰译，上海三联书店，2015年1月），第50页。

贫富悬殊，阶级分化严重，个人努力似乎无用。蹲族、躺平族、不婚不育、独居不工作、高自杀率等现象迭出。加藤和秋叶原事件，只是发生在平成时代众多凶案中的极端化呈现。

翻译这本书的过程，让我对人性，对教育，对如何活着等问题都有了更深入的思考。若阅读本书的读者也能有各自的启发，我和编辑会倍感欣慰。感谢真故团队，也非常感谢闫弘编辑，能够一起把这样一个引人深思的真实故事呈现在大众面前。

高璐璐
2023 年 4 月